ちくま文庫

村上春樹にならう「おいしい文章」のための47のルール

ナカムラクニオ

筑摩書房

【目次】

村上春樹にならう「おいしい文章」のための47のルール

はじめに

言葉は、液体だ。文章とは、飲み物かもしれない。

こうやって書くと文章が、春樹っぽく感じられるのはなぜでしょうか?
理由①　力強いアフォリズム（名言風）だから。
理由②　気の利いた比喩表現だから。
理由③　まわりくどい話し方だから。

どれも正解です。このように少しでも村上春樹の文体エキスを吸収して、自分の文章に取り込むと、ぐっと文章が魅力的に変身するのです。

僕は、文章の書き方の多くを、村上さんから学びました。シンプルで、音楽のようにリズミカル。翻訳文体のようなクセのあるまわりくどい小説もエッセイも「文章の教科書」と思いながら読み込んでみると、十倍楽しく感じるのです。

村上さんは高校時代、英語が大の苦手だったらしく、ただひたすら好きな作家のペーパーバックを読み漁って英語力を身につけた、と語っています。その努力は、村上さんの文章力を格段にアップさせただけでなく、文学の知識や、自分で小説を書く上でのノウハウを得ることにもなりました。この本は、「好きなひとりの作家さんの本を読みまくって学ぶ」という新しい文章術の本なのです。

例えば、村上作品によく見られる接続詞「あるいは」を使ってみます。

これは、『村上春樹　雑文集』に収録されているエッセイ「自己とは何か（あるいはおいしい牡蠣《かき》フライの食べ方）」や短編「飛行機――あるいは彼はいかにして詩を読むようにひとりごとを言ったか」などの作品タイトルに登場する、いかにも村上春樹的な接続詞です。

僕は、ある朝、目が覚めると奇妙な夢を覚えていた。あるいは、まだ夢の途中だったのかもしれない。

こうやって書くだけで、なぜか春樹っぽくなってしまうのが不思議です。一度、言ったことに対して自分で軽く斜め上からツッコミを入れ、否定してみる。ただ、それだけでいいのです。

大切なのは「テーマ」でなく「ルール」で書くこと。

春樹的文章術の「あいうえお」は、

1、あっ！（まずは、タイトルに驚かせる）

2、いい！（書き出しで感心させる）
3、うん！（みんなの気持ちを代弁し、納得させる）
4、えー！（まさかの展開に、さらに驚かせる）
5、おー！（最後は、余韻を持たせて想像力をかきたてる）

たったこれだけの「あいうえお」を意識するだけで、きっとあなたの文章も何か変わるはず。すべての創造は、模倣から始まるもの。思いきって春樹風の文章を書いてみてはいかがでしょうか。

ナカムラクニオ

第1章　村上春樹の文章を33の作法で読み解く

我々が「薔薇」と呼ぶ花が別の名前でも、
同じように甘い香りがするのか？という問題について

1 謎めいた長いタイトルをつける

村上春樹作品は、長いタイトルが多い。
一般的には文章を書くとき、「タイトルは短くてわかりやすいタイトルにしたほうが良い」と言われます。
しかし、春樹式のタイトル術は、まったく発想が正反対なのです。
例えば、代表作『世界の終りとハードボイルド・ワンダーランド』のタイトルは、ルイス・キャロルの『不思議の国のアリス（アリス・イン・ワンダーランド）』をオマージュとして意識しているわけですが、もうひとつアメリカの歌手スキータ・デイヴィスのヒット曲「世界の終り（The End of the World）」も物語の下敷きになっており、タイトルの一行にさまざまな情報が織り混ぜられています。

このようなタイトルのつけ方は、強い言葉をいきなり衝突させ、化学反応を起こす手法です。映画『セーラー服と機関銃』『アヒルと鴨のコインロッカー』『裸のランチ』なども同じ原理です。

この作品は、もともと「文學界」で発表された中編小説『街と、その不確かな壁』がベースになっています。それでも、長編として完成したときに、わざわざタイトルを長くして発表したわけですから、『世界の終りとハードボイルド・ワンダーランド』というタイトルには、相当思い入れが強かったのでしょう。

あまりに長すぎるため、刊行の際に新潮社から『世界の終り』にしたいと言われ、英語版を出す時は「『ハードボイルド・ワンダーランド』だけでどうか」とも言われた、という逸話が残されています。それでも、結果的には大ヒット。全世界で愛される村上さんの代表作となりました。

また一週間で発行部数が一〇〇万部を超える大ベストセラーになった『色彩を持たない多崎つくると、彼の巡礼の年』も長いタイトルです。一行に物語の重要な要素をすべて詰め込んだような印象を受けます。

発売時には「まるでライトノベルのようだ」と熱心なファンの間でも物議をかもしました。

実は、この『色彩を持たない多崎つくると、彼の巡礼の年』というタイトルには、ヒットする要素が、ギッシリ詰めこまれています。**これは、「主人公の名前」と「これから起きる内容」を暗示する典型的なタイトルの手法です。**『ニルスのふしぎな旅』『ピッピの新しい冒険』『ジョジョの奇妙な冒険』などのようにベストセラー作品のタイトルは、しばしばこのかたちです。

ほかにもヨハンナ・シュピリの『アルプスの少女ハイジ（ハイジの修行時代と遍歴時代）』や世界中で熱狂的に支持を得たパウロ・コ

エーリョの『アルケミスト 夢を旅した少年』『星の巡礼』などのタイトルが『色彩を持たない多崎つくると、彼の巡礼の年』と言葉の印象が似ています。

こうやってミリオンセラーとなった名作のエッセンスを凝縮して、さりげなくアレンジするのが「春樹流タイトル術」の基本構造となっています。

歴史的には、もっと長いタイトルもあります。

ダニエル・デフォーの『ロビンソン・クルーソー』は、原題が「自分以外の全員が犠牲になった難破によって岸辺に投げ出され、アメリカの浜辺オルーノクという大河の河口近くの無人島で二十八年もたったひとりで暮らし、最後には奇跡的に海賊船に助けられたヨーク出身の船乗りロビンソン・クルーソーの生涯と不思議で驚きに満ちた冒険についての物語」でした。しかし、ここまで長いと覚えるのが大変すぎて、結局『ロビンソン・クルーソー』、あるいは『ロビンソン漂流記』と省略されてしまうのです。

2 強いキーワードをタイトルに盛り込む

村上作品は、短編にも奇妙な長いタイトルの作品が多い。

全集にも収録されていない幻の作品「ＢＭＷの窓ガラスの形をした純粋な意味での消耗についての考察」も相当な長さです。

妙に気になる「ＢＭＷ」「窓ガラス」「消耗」「考察」という強いキーワードがちりばめられ、一行で内容を妄想して楽しめるような仕掛けです。

ある日、「僕」は、裕福なのに金をたかる友人に三万円を貸してしまう。そして、八年後に連絡して返済を迫りますが、金色のロレックスの時計をしてＢＭＷに乗っている友人は返そうとしない、という短いお話。この「ＢＭＷ」という車で小金持ちを印象づけるという作戦は、しばしば村上作品に登場します。

ちょっと脱線しますが、短編『レキシントンの幽霊』でも古い屋敷の玄関前に停まっている青いＢＭＷのワゴンが登場します。『国境の南、太陽の西』でも主人公のハジメくんが乗っている車は、ＢＭＷでした。こうやって重要な「ＢＭＷ」というキーワードを配置することで、バブル時代のけだるい空気感を醸し出すことに成功しています。

さらに奇妙なタイトルがあります。

「ローマ帝国の崩壊・一八八一年のインディアン蜂起・ヒットラーのポーランド侵入・そして強風世界」という作品です。

これは、何気ない一日をまわりくどい文体で仕上げた『パン屋再襲撃』に収録されている初期の短編作品です。日曜日の午後、強風が吹きはじめる。彼女からの電話のベルが鳴ったとき、時計は二時三六分を指していて、「やれやれ、と僕はまたため息をついた。そして日記のつづきにとりかかった」というだけの話です。

おそらく、タイトルのキーワードである「ローマ帝国」は、主人公の僕のひとりの時間、「インディアン蜂起」は彼女からの電話、「ポーランド侵入」は彼女が部屋にやってくることの隠喩だと思われます。

このように隠された意味を背負う言葉をちりばめたタイトルによって読者は、読後の謎解き感を味わえるのです。

また『カンガルー日和』に収録されている短編に「サウスベイ・ストラット――ドゥービー・ブラザーズ『サウスベイ・ストラット』のためのBGM」という作品もあります。これは、アメリカの作家、レイモンド・チャンドラーに捧げるオマージュのような作品です。

主人公は私立探偵で、舞台となる南カリフォルニアの「サウスベイ・シティー」は、チャンドラーの小説に登場する町「ベイ・シティー」のパロディです。タイトルは、副題にもなっているドゥービー・ブラザーズの曲名から引用されています。

流れる音楽を限定するタイトルは、物語の空気感、時代感覚をそのまま読者に伝える有効な手段のひとつとなるのです。

3 言葉あそびを連発してみる

言葉あそびを連発するのも、大きな特徴です。

『おおきなかぶ、むずかしいアボカド 村上ラヂオ2』は、村上春樹とイラストレーター大橋歩による、肩の力を抜いて楽しめる日常エッセイ『村上ラヂオ』シリーズの第二弾です。

「おおきなかぶ」にまつわるロシアと日本の昔話の違いや、アボカドの熟れ頃を当てることのむずかしさなどについてのエッセイを収録していますが、このタイトルが秀逸です。

文末を名詞で止める「体言止め」は、文章にリズムを与え、文末の名詞が強調され

ます。「体言止め」を繰り返すことで、音楽を演奏しているような、ラップを歌っているような楽しさが出てきます。

ビジネス書、実用書にも、タイトルが長く、「言葉の遊び」で内容をギッシリ凝縮させたような本が多く存在します。これは、情報過多な現代に内容を一瞬で理解させる巧みな作戦のひとつと言えるでしょう。

例えば『さおだけ屋はなぜ潰れないのか？ 身近な疑問からはじめる会計学』『もし高校野球の女子マネージャーがドラッカーの『マネジメント』を読んだら』『学年ビリのギャルが1年で偏差値を40上げて慶應大学に現役合格した話』などが、長いタイトルの書籍として知られていますが、みな「内容説明型」です。

映画でも『ぼくは明日、昨日のきみとデートする』『打ち上げ花火、下から見るか？横から見るか？』のようなタイトルが増えています。

ドラマでも『わたし、定時で帰ります。』『腐女子、うっかりゲイに告る。』のように長いタイトルが増えたのは、やはりインターネット上で、ひと目でズバッと内容をわからせる必要性があるからなのでしょう。

4 具体的な「年号」を入れてみる

年号は、時代の精神を反映させる記号として便利です。

一九六八年に公開されたスタンリー・キューブリック監督のSF映画「2001年宇宙の旅」は、近未来を表現するのに、ちょうどいい年号でした。

『1973年のピンボール』は、主人公が幻のピンボール「スペースシップ」を探す物語です。ある日曜日、ひとり暮らしの「僕」が目を覚ますと、両脇に双子の女の子がいた、という展開で知られています。

そして、東京で双子の女の子と暮らす「僕」と、故郷の神戸に残った友人「鼠」の日常が、交互に語られます。双子に名前はなく、「208」「209」と数字で呼んでいるのも興味深い表現です。

このタイトルは、大江健三郎の長編小説『万延元年のフットボール』の影響だとも

言われていますが、一九七三年は、いったい何があった年なのでしょうか。一九七三年と言えば、村上さんは同級生の陽子さんと学生結婚した後、文京区で寝具店を営む夫人の家に間借りし、昼はレコード店、夜は喫茶店でアルバイトをして開店資金を貯めていた頃。当時二十代だった村上さんにとっては、ベトナム戦争などの印象が強い年だったのかもしれません。

この「1973年」と「ピンボール」は、絶妙に相性がいいのです。

なんともノスタルジックな響きがあります。ピンボールは、一九六〇年代から七〇年代に爆発的に流行しましたが、一九八〇年代にビデオゲームが登場して以降、一気に下火になりました。おそらく「1973年におけるピンボール・マシン」とは、わかりやすく言うと「20

００年のスーパーファミコン」とか「２０１０年のＣＤプレイヤー」といった感じでしょうか。

消え行く時代の流れを感傷的に表現するときに、具体的な年号は、とても便利な記号なのです。

『カンガルー日和』の中にも短編「１９６３／１９８２年のイパネマ娘」という作品があります。これは、ボサノヴァの名曲「イパネマの娘」からインスピレーションを受けた言葉が綴られた散文的な作品です。

「１９８２年のイパネマ娘」は、「１９６３年のイパネマ娘」と同じように海を見つめていますが、レコードの中では彼女はもちろん歳をとらない、というだけのささやかな話です。

ここでも、１９６３年と１９８２年というふたつの年代を並列に配置することで、移りすぎてゆく時間と変わらない時間を対比させています。

やはり〈年号や年代〉は、読者の記憶を呼び覚ます魔法のスイッチなのでしょう。

他にも、ジョージ・オーウェルの近未来小説『一九八四年』、青春小説『１９８０

アイコ十六歳』、SF小説『世界を救う超大国 日本、二〇四一年』のように年号を入れた作品を、しばしば見かけます。

韓国で一〇〇万部突破した話題の小説『82年生まれ、キム・ジヨン』も、主人公を「82年生まれ」と限定することで、読者の共感を生むことに大成功した良い例だと思います。

5 つながらない言葉をつなげてみる

短編集『TVピープル』に「飛行機——あるいは彼はいかにして詩を読むようにひとりごとを言ったか」という作品があります。

主人公は、「詩を読むみたいにひとりごとを言う」二十歳の男。七歳上で既婚者の彼女がいて、ある日、彼女から自分が口にしているひとりごとについて指摘されます。

記録されたメモ用紙を見せられると、飛行機にまつわる詩のようなひとりごとが書かれていた、というお話です。

この「あるいは」という言葉は、村上さんの作品で頻繁に使われている特別な接続詞のひとつです。〈AあるいはB〉形式のタイトルは、ふたつの要素をひとつの作品に並べ、違和感を楽しむ手法として効果的なのです。

自選文集『村上春樹 雑文集』にも「自己とは何か（あるいはおいしい牡蠣《かき》フライの食べ方）」という奇妙なタイトルがあります。

他にも「三つのドイツ幻想」という短編小説があります。この作品は「冬の博物館としてのポルノグラフィー」「ヘルマン・ゲーリング要塞1988」「ヘルWの空中庭園」という奇妙なタイトルの散文詩のような三章で成り立っています。いかにも春樹的タイトルで、「強い言葉」「数字」「年号」「謎めいた名前」が美しい調和を生み出しています。これは『螢・納屋を焼く・その他の短編』に収録されましたが、元は、雑誌「BRUTUS」の特集「ドイツの『いま』を誰も知らない！」で取材した実体験をもとに書かれた作品です。ヘルマン・ゲーリングとは、ドイツ軍の最高位である元帥で、ナチス政権のナンバー2だった人物の名前です。

このように実在の人物の名前をタイトルに入れることで、まるでノンフィクションやドキュメンタリーのような重厚なタイトルになります。

エッセイ集『村上朝日堂』にも、パリに向う食堂車の中で、ドイツの軍人ロンメル将軍がビーフ・カツレツの昼食を食べるシーンが登場しますが、こちらも同じように奇妙な言葉の組み合わせによって強い印象が残ります。

6 「!?」をちりばめる

タイトルが意味不明で言葉が途切れていると、つい中を読みたくなるという効果もあります。クライマックスをすぐには見せず、コマーシャルで切って続きを引き伸ばすテレビ番組の手法と同じです。

短編「土の中の彼女の小さな犬」(『中国行きのスロウ・ボート』所収)、「UFOが釧路に降りる」(『神の子どもたちはみな踊る』所収)、「どこであれそれが見つかりそうな場所で」「日々移動する腎臓のかたちをした石」(以上『東京奇譚集』所収)のようなタイトルは、目にした時「!」「?」という謎が残り、続きが気になってしまいます。

これは、人を惹き付ける心理術として使われている「ザイガニック効果（中断効果）」というものです。「この先どうなるんだろう？」「なんだか続きが気になる！」と思わせる手法です。

人間は、完璧な完成形の情報より、なぜか未完の情報を知りたくなる不思議な生き物なのです。

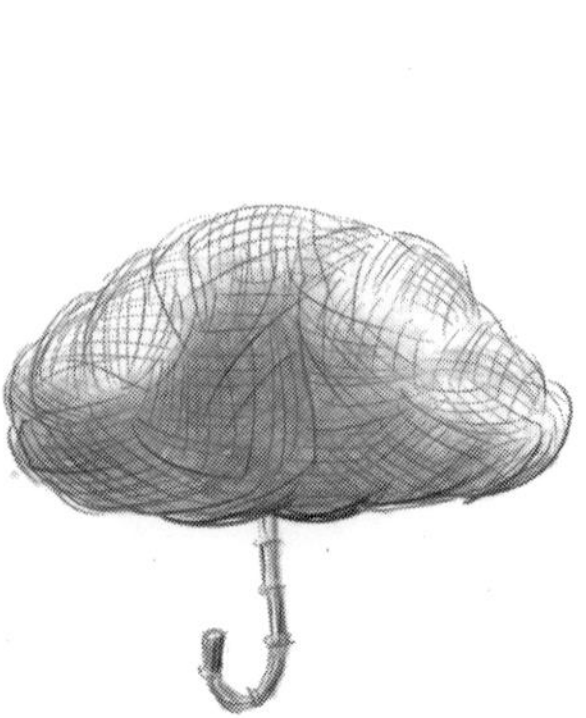

7「ダジャレ」を活用する

村上春樹さんはダジャレが大好き。

自ら作り出した「回文」を五十音かるたとしてまとめた『またたび浴びたタマ』という作品もあります。さらに、ダジャレ満載のかるたの本『うさぎおいしーフランス人』などで、言葉あそびの才能を遺憾なく発揮しています。

ダジャレには笑わせたり驚かせたりして、人の心をつかむ効果があります。使い方によっては、軽い印象になってしまうこともありますが、作品をさらに輝かせるスパイスとして、非常に効果的です。

ちなみに『スプートニクの恋人』というタイトルも実は、ダジャレから生まれました。主人公の「ぼく」と、小説家志望の女友達「すみれ」、すみれが恋に落ちた十七歳年上の女性「ミュウ」の奇妙な三角関係の恋物語を描いた物語ですが、この「スプートニク」は、「ビートニク」を単純に言い間違えただけ。そして、すみれは好きな女性ミュウのことを密かに「スプートニクの恋人」と呼ぶという設定なのです。やがて、すみれはギリシャの小さな島で姿を消し、「あちら側」の世界へと失踪します。このスプートニクは、旧ソ連の人工衛星のことで、物語では「孤独」を表すキーワードとなっているのです。

また、カラフルな安西水丸さんのイラストレーションがよく似合うエッセイ集『ランゲルハンス島の午後』も同じような言葉遊びから生まれたタイトル。ランゲルハンス島とは、本当の「島」ではなくて、膵臓《すいぞう》の内部に島の形状で存在する細胞群のことなのです。

学校の教科書を忘れて家に帰る途中、春の匂いに誘われて自分の臓器の一部分であるランゲルハンス島の岸辺

に触れたなど、ほっこりと和むエピソードが掲載されています。本当に「ランゲルハンス島」が存在して、のんびり過ごしてしまいそうなほどリアルに空想世界を描いています。

8 斬新な造語で遊んでみる

「小確幸（しょうかっこう）」という言葉をご存じでしょうか。

実はこれ、村上さんによる「小さくても確かな幸せ」という意味の造語で『うずまき猫のみつけかた』に登場します。

この世にまったく存在しない言葉を作る《造語》という作業が、新しい世界感を作ることだってあるのです。

村上さんは、生活の中に個人的な「小確幸」（小さいけれども、確かな幸福）を見出すために

は、多かれ少なかれ自己規制みたいなものが必要だと言います。たとえば我慢して激しく運動した後に飲むきりきり冷えたビールみたいなもので、「うーん、そうだ、これだ」とひとりで目を閉じて思わずつぶやいてしまうような感覚、それが「小確幸」の醍醐味だと語っています。ちなみに台湾では、この言葉が固有名詞として定着するほど流行しました。新しい造語は、日々増えています。斬新な造語を作り、遊んでみるのも悪くないかと思います。

ちなみに『少年カフカ』というムック本もありました。長編『海辺のカフカ』ができるまでの記録、読者からのメール一二二〇通をまとめた少年漫画雑誌のような本です。

安西水丸さんと行く製本工場の見学記、装丁のボツ案、海辺のカフカグッズ一覧など、貴重な創作の全記録が収録されていますが、こちらもタイトルに「少年＋カフカ」という造語を付けることで、無邪気な印象の本になっています。

斬新な造語は、いつだって読者に新鮮な余韻を感じさせてくれる便利な技法です。基本は、Ａ＋Ｂ＝ＡＢという足し算式の造語法です。

短編のタイトルに多く使われており、「独立器官」「雨天炎天」「あしか祭り」「品川猿」「カンガルー日和」など、奇妙な響きの言葉を足すのが村上春樹流なのです。

コラム　村上春樹の比喩入門——料理編

料理の比喩は、使える幅が広い。心の内面を表現することもあれば、外見を食材に見立てることもできます。比喩は、文章を引き立たせる万能調味料のような存在なのです。

☞

店の中には煙草とウィスキーとフライド・ポテトと腋の下と下水の匂いが、**バウムクーヘンのようにきちんと重なりあって**淀んでいる。

——『風の歌を聴け』第10章

その一ヵ月には殆んど何の意味もなかった。ぼんやりとして実体のない、**生温かいゼリーのような**一ヵ月だった。

——『羊をめぐる冒険』第2章

「動物クッキーみたいな話ですね」と僕は言った。男はそれを無視した。

——『羊をめぐる冒険』第6章

「私、辛いことがあるといつもそう思うのよ。今これをやっとくとあとになって楽になるって。**人生はビスケットの缶なんだって**」

——『ノルウェイの森』第10章

太った女がピンクの服を着ると往々にして**巨大なストロベリー・ケーキのようにぼんやりとした**感じになってしまうものだが、彼女の場合はどういうわけかしっくりと色が落ちつくのだ。

——『世界の終りとハードボイルド・ワンダーランド』第19章

いつもと同じ乳房だ。**配合を間違えて膨らみそこねたパン生地みたいなか**

たちをしている。おまけに左右のサイズも微妙に違っている。

——『1Q84』2　第5章

そのふたつの棟［母屋と別棟］は、まるで似合ってはいなかった。ちょうど銀の平皿に**シャーベットとブロッコリをもりあわせたような感じだった**。

——『羊をめぐる冒険』第4章

「ペニスとヴァギナは、これはあわせて一組なの。**ロールパンとソーセージみたいにね**」

——『世界の終りとハードボイルド・ワンダーランド』第9章

「……そんなこと、なにもかもぜんぶ顔に書いてある。見る人が見れば、ホシノちゃんの頭の中身なんぞ**アジの開きみたいにべろっとまるわかりだ**」

——『海辺のカフカ』下　第26章

まるで誰かが巨大なロースト・ビーフをのっぺりとした壁に思いきり投げつけたときの音のようだった。

——『世界の終りとハードボイルド・ワンダーランド』第23章

まるで自分が冷えたお粥になってしまったような気がしました。どろどろとしていて、ところどころにわけのわからない塊のようなものがあるのです。

——『ねじまき鳥クロニクル』第2部　第13章

「『空気さなぎ』の売れ行きがずいぶん好調だと、ひとこと言いたくてね」「それはなによりです」「ホットケーキみたいに作るそばからどんどん売れている」

——『1Q84』1　第22章

ぼくは黙っていた。広々としたフライパンに新しい油を敷いたときのような沈黙がしばらくそこにあった。

——『スプートニクの恋人』第4章

川は雨を集めて茶色く濁っていた。秋の太陽の下でそれは**キラキラと光るカフェ・オ・レの放水路のように**見えた。

――『羊をめぐる冒険』第８章

彼は**桃の皮でも剝ぐように、**山本の皮を剝いでいきました。

――『ねじまき鳥クロニクル』第１部　第13章

それは育ち過ぎてかたちを崩したので処分されることになった**果樹園の果物みたいに**見えた。

――『ねじまき鳥クロニクル』第３部　第31章

頭には脳味噌《のうみそ》のかわりに、**冷凍されたレタスが収まっているみたいだ。**

――『１Ｑ８４』３　第21章

9 登場人物は「奇妙な名前」

村上作品の登場人物は、名前に「巧みな罠」が仕掛けられています。

『羊をめぐる冒険』に登場する猫は、いわし。初期の作品に必ず登場する友人は、鼠。他にも羊男、五反田くん、メイ、ワタヤノボル、加納クレタ、加納マルタ、田村カフカ、天吾、青豆、牛河、多崎つくるなど奇妙な名前ばかりです。

あえてカタカナを使うことも多く、ミステリアスな名前にしているのだと思います。読者は、謎めいた名前が気になりながら独自に解釈をして、やがて物語の迷宮から抜けられなくなるのです。

例えば、『騎士団長殺し』には、免色渉《めんしきわたる》という謎めいた男が登場します。これは「色を免れる」と読むことができるので『色彩を持たない多崎つくると、彼の巡礼の年』との関係性を暗示しているようです（あるいは、何か深い意味があるのでは？という疑問がわき上がります）。

しかし、最後まで読んでも結局、謎は解けません。

免色さんは、五十四歳の独身男性。主人公である「私」のアトリエの谷間を隔てた向かい側にある豪邸に三年ほど前から住んでおり、「私」に自身の肖像画制作を依頼した人物です。インサイダー取引と脱税の容疑で検察に検挙された過去があるらしい、と描かれています。とは言っても『色彩を持たない多崎つくると、彼の巡礼の年』とは直接的な関係は簡単には見つけられません。それでも読者は気になって仕方がない。もはやこれは答えがないクイズのような感じ。そこがいいのです。

こうやって村上作品の登場人物の名前には、いつだって「扉を開けることが出来ない壊れた鍵」がたくさん仕掛けられています。一度参加すると、ゴールが無い迷路の中を歩かされ、読者は「隠された意味」を探すゲームに参加しなくてはならないのです。

それでもやはり登場人物の名前は重要です。地球を救うヒーローが「佐藤太郎さん」とか「山田花子さん」といった名前だとファンタジー感が欠けてしまいます。『ノルウェイの森』のようなリアリズム小説を描くときは、「ワタナベ」「直子」など現実味溢れる名前のほうが良いのですが、もし白い馬に乗った王子様が「中村宏さん」では、あまりにも普通すぎて、日常からの脱却に時間がかかってしまうのです。

やはり登場人物には、現実味がない名前がついていると、ファンタジーに違和感なく、入り込めます。少し奇妙な名前は、一瞬で非日常の世界を作り出す魔法なのです。

例えば『海辺のカフカ』の主人公は、田村カフカです。東京の中野区野方に住む十五歳の中学三年生ですが、こんな名前の青年がいるでしょうか。四歳のときに母が姉を連れて家を出て以来、父親と暮らしています。そして、誕生日に深夜バスに乗って家出をし、高松にある甲村記念図書館に住みはじめるのです。読書が好きで、名前のカフカは、チェコ語でカラスという意味があります。この時点で、物語は謎ばかり。

読者は、この「田村カフカ」という奇妙な名前を読んだ瞬間から、**フランツ・カフカとの関連性を推理したり、不条理なことが起きても動揺しない、心の準備が整うの**です。そういう意味では、『海辺のカフカ』の主人公は、最初から「田村カフカ」でなくてはならないのです。

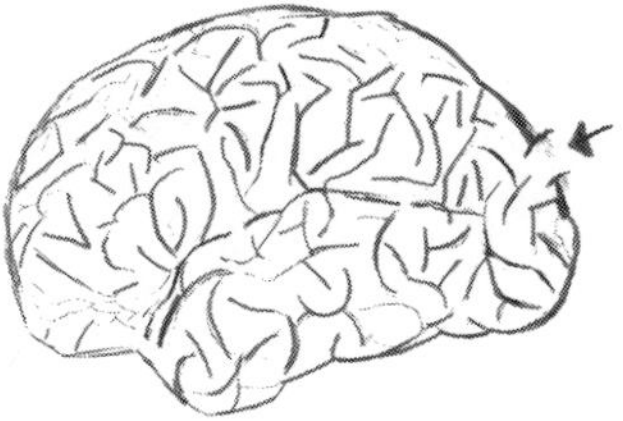

『色彩を持たない多崎つくると、彼の巡礼の年』の主人公、多崎つくるも意味深な名前です。

駅が好きで鉄道会社に勤める三十六歳の独身男性で、恋人は木元沙羅。名古屋時代の親友の名字に、全員「色」が含まれていたのに、つくるの「多崎」という名字には色が含まれていなかったことで、ずっと疎外感を感じていた、というストーリー。

「多崎」という名字からは、北欧のフィヨルドを連想させ、「木元沙羅」は、「沙羅双樹の木の根元」と読むことができます。

このような仏教的とも言える物語の登場人物であれば、「五つの色彩」が出てくるだけで、精神や智慧をあらわす五つの色「青・黄・赤・白・黒」を連想することは、容易です。むしろ、連想しないで読むほうが難しいと思います。

このように村上作品は、ディテールを深読みすればするほど、さまざまな捉え方があって、読者に解釈をゆだねるように書かれている作品だということがよくわかります。

10 丁寧な暮らしを描いてみる

洗濯、アイロン、料理、掃除……と、村上春樹は私生活も作品も、日常生活へのこだわりが非常に強いのはよく知られています。そして、ごくありふれた日々を丁寧に過ごす村上さんの発見が、作品の中に詳細に描かれています。この日常のディテールこそが村上文学の重要な世界観を作り出しています。

アメリカの建築家ミース・ファン・デル・ローエは、「神は細部に宿る」と言ったそうですが、まさに村上文学には、日常の細部にこそ神様が宿

っているのです。

登場人物は、まるで「暮しの手帖」「クウネル」のような雑誌をすみずみまで読み込んでいるかのように暮らしています。というのも『村上朝日堂の逆襲』によると、村上さんは実際に主夫として生活していた時代があり、奥様を仕事に送り出したあとは、掃除、洗濯、買い物、料理をして帰りを待っていたのだとか。当時は谷崎潤一郎の長編小説『細雪』を一年で三回読むほど時間が余っていたらしく、この経験が作品に大きな影響を与えているのでしょう。

こういった日常の退屈さこそが、妄想を飛躍させる原動力となり、その後に起きる〈出来ごと〉とのコントラストを強めているのです。

例えば〈アイロン〉。洗濯やアイロンをかける行為は、村上作品では「浄化」のメタファーとしてしばしば登場します。『ねじまき鳥クロニクル』の主人公は、頭が混乱するといつもシャツにアイロンをかけ、その工程は全部で十二に分かれています。『雑文集』に収録されているエッセイには「正しいアイロンのかけ方」が書かれており、村上さんは「ＢＧＭはソウルミュージックが合う」とも発言しています。

そして〈掃除〉です。村上さんにとって、掃除は、丁寧な日常生活の象徴。主人公たちは、洗濯もテキパキとこなしています。『羊をめぐる冒険』の主人公は、山小屋を六枚もの雑巾を使って丁寧にワックスがけをし、『ノルウェイの森』の主人公ワタナベ君は、大学の寮暮らしにもかかわらず「毎日床を掃き、三日に一度窓を拭き、週に一回布団を干」すという清潔な生活をしていました。

こうやって丁寧に暮らしている日常を描くということは、作品のリアリティを演出するために非常に重要な下地作りなのです。

11 「場所」を詳細に描く

村上作品は、具体的な地名が重要な鍵となっています。いつだって、舞台設定には細かな演出が考えられています。

『女のいない男たち』に収録されている短編「ドライブ・マイ・カー」を例に考えてみましょう。主人公の家福《かふく》は俳優で、緑内障のため運転ができなくなります。そこで、黄色のサーブ900コンバーティブルの運転手を、北海道出身の渡利みさきに依頼します。みさきの出身地として、雑誌「文藝春秋」の連載時には、北海道中頓別町が実

際の地名として登場しましたが、この町では「たばこのポイ捨てが普通」という表現が問題となったため、単行本化の際に、『羊をめぐる冒険』に登場する架空の町「十二滝町」の北の町を連想する、「上十二滝町」と変更されたのです。

つまり、読者は、『羊をめぐる冒険』に描かれた場所が、中頓別町の近くに実在する美深町付近であるという事実を突き止めることができたのです。こうやって、物語の中に登場する地名までもが、緻密に計算され、実際に読者が小説の舞台を訪ねても違和感がないように描かれているのです。

特に、村上文学を語る上で「青山周辺」は、作品を読み解く重要な「鍵」です。村上さん自身が経営していたジャズ喫茶「ピーターキャット」が、青山から近い千駄ヶ谷にあっただけでなく、主要作品に必ず登場するのも大きなポイントです。さらに、親友であるイラストレーター安西水丸さんとの交流の場でもありました。小説家になることを決めた「神宮球場」、デビュー作『風の歌を聴け』を書いた「ピーターキャット」のキッチン。この辺りを散歩すると村上作品の謎が解けるのです。

ピーターキャットがあった場所は、現在ビストロ（ビストロ酒場GAYA）になっていますが、キッチンの位置などは当時と同じ。今でも昔の面影を感じることができます。近くには村上さん御用達だった「ナカ理容室」もあります。最初の短編集『中国行きのスロウ・ボート』の装画は、安西水丸さん。ここに出てくる「貧乏な叔母さんの話」には、村上さんの「ピーターキャット」近くにある「絵画館」と、その前の広場にある「一角獣の銅像」を見上げるシーンが登場します。主人公の「僕」は、散歩の途中で、絵画館前の一角獣の銅像を見上げます。その周りの池の底に沈んだ錆びついたいくつものコーラの空き罐に、ずっと昔に打ち捨てられた街の廃墟を連想したことから話が始まります。

そして、この銅像は、のちの『世界の終りとハードボイルド・ワンダーランド』に出てくる一角獣のモデルとなります。具体的な場所が描かれることで、読者は物語と現実をクロスし、五感で物語を楽しむことができるのです。

何度も同じ場所が登場したり、同じ設定を繰り返すことは、作者の個性を際立たせます。避けることはありません。読者は「偉大なるマンネリズム」を楽しみにしているのです。

『1973年のピンボール』の主人公が働く翻訳事務所は渋谷にあります。そして、『ダンス・ダンス・ダンス』にも渋谷や青山周辺がたくさん登場し、「僕」は、紀ノ国屋で「調教された野菜（質が高いという意味）」を買います。主人公の「僕」は、渋谷で映画を見たあと、原宿へ行き、いつものコースを散歩。原宿から神宮球場を抜けて、また渋谷方面へ行きます。これは、実際に村上春樹さんご自身のお散歩コースでもありました。

作品の中に、作者のプライベートな情報が描かれるのも重要な要素です。読者は、村上さんの日記を覗き見したような気分になったりもします。

また、長編『国境の南、太陽の西』の中でも青山は、最も重要な場所です。「僕（ハジメ）」は結婚後、南青山で「ジャズを流す上品なバー」を経営します。

そして、裕福な安定した生活を手にします。そんなときにかつて好きだった女性、島本さんがあらわれて、「僕」は自分の存在の意味を改めて考えていきます。物語は、バブル絶頂期の東京が主な舞台。ジャズバーを経営し、本が好きな主人公であることから、村上さんの自伝的小説とも考えられます。『ノルウェイの森』の僕が大学を卒業し、就職した後にジャズバーを経営していた、という村上春樹さんの自伝的「小さな恋の物語」として読むと面白いと思います。

青山通りといえば、『色彩を持たない多崎つくると、彼の巡礼の年』の主人公つくるが、シンガポールの出張から帰って来た沙羅と食事をするのは、南青山の地下にあるフランス料理店です。地下にあるカジュアルなビストロでイメージに近いお店といえば肉料理を中心にした「ヴァンブリュレ」でしょうか。つくるは「牛肉の煮込み」、沙羅は「鴨のロースト」を食べて、渋谷まで青山通りを歩いて帰ります。

また「表参道のカフェ」も登場します。つくるが、フィンランドに住むクロ（黒埜恵里）にお土産の絵本を買うシーンがありますが、場所は、青山通りから少し裏に入った所とわざわざ丁寧に書いてあります。これは、おそらく絵本専門店の「クレヨンハウス」のことです。そして、つくるは表参道に面したカフェに入ります。コーヒーとツナサンドを注文し、風景を眺めていると、恋人の沙羅が中年の男性とデートしている場面を目撃してしまいます。表参道に面しているカフェと言えば「アニヴェルセルカフェ」などが考えられます。

このように実在する場所をとことん丁寧に描き込むことで、読者は作品を追体験できるのです。そして、ますます現実を文学のように感じることとなり、作品の虜になっていくのです。

12 変なしゃべり方をする

登場人物が、変なしゃべり方をするのはどんな効果があるのでしょうか。例えば、『海辺のカフカ』に登場するナカタさん。猫と会話ができる六十代の男性ですが、子どもの頃に、疎開先である事件に遭遇して以来、読み書きの能力を失っています。今は知的障害者として、都の補助金を受けて、中野区野方に暮らしています。

そして、「ナカタは～であります」「ナカタは～なのです」と特徴的な話し方をします。

例えば「刑事コロンボ」では、主人公のコロンボが「うちのかみさんがね」と「あ、あと、もうひとつだけ聞いていいでしょうか」と毎回、同じ話し方で、相手を追いつめていきます。「フーテンの寅さん」は、「それを言っちゃあ、おしまいよ‼」と言って、毎回同じようにケンカをふっかけます。

この毎度お馴染みの台詞や口調こそが、物語に彩りを与えます。個性の強い話し方は、慣れてくるとクセになる魔法の媚薬なのです。

村上作品でお馴染みの口癖「やれやれ」は、寅さんの「釣りはいらないよ。持ってけ泥棒」、「労働者諸君！」と同じように、登場するとうれしいものです。

さらに『騎士団長殺し』に登場するキャラクター、騎士団長も変な語り口です。「ない」のことを「あらない」と言います。作家、川上未映子によるロングインタビュー『みみずくは黄昏に飛びたつ』のキャッチコピーで「ただのインタビューではあらない」とパロディ化されたほど「あらない」も耳に残る表現でした。

『1Q84』に登場する十七歳の美少女の深田絵里子、通称「ふかえり」も話し方が少し変でした。カルト教団「さきがけ」のリーダー深田保の娘であり、小説『空気さなぎ』の作者とし

て登場しますが、文字や文章の読み書きが困難なディスレクシアであるため、長い物語をまるごと暗記してしまう特殊な能力も持っています。そして、「～やるといい」「～すればいい」などというぶっきらぼうな話し方をしています。

物語において、「口調」は外見だけでは表現しきれないキャラクター作りに欠かせない重要な要素です。視覚的な情報がない文学では、どのキャラクターの言葉か区別するためにも口調を細かく使い分けているのです。

① 「～ずら」「～だべ」「～だわ」「～でごわす」「～じゃけ」など方言を使って、出身地をさりげなく示す口調。

② 「～ですわ」「～のじゃ」「～なのね」「～なり」「～ござる」「～ざます」のように語尾だけが少し変化する口調。

③ 「～だぜ」「～だね」「～じゃん」など軽い調子の語尾や、大量のカタカナ言葉に加え、あえて「ら抜き言葉」を使い、砕けた若者感を表現する。

など、さまざまな手法があるのです。

例えば「サザエさん」に登場するサザエとマスオの長男、タラちゃんは、「……ですぅ」が口癖。「ドラえもん」の中でも、異彩を放つ脇役「スネ夫のママ」は、いつも独特の「……ざます」を連発。

バカボンのパパは、困ったときには、必ず「それでいいのだ！」と言って場の混乱をまとめてしまいます。機動戦士ガンダムに登場するジオン軍のシャア・アズナブルは、「……なのだよ」と斜め上からの発言が特徴。

やはり人気作品のキャラクター（特にサブキャラクター）には、存在を際立たせるために「口癖」が必要なのです。

13 何度も同じ登場人物が出てくる

同じ登場人物が何度もくり返し登場すると、うれしいのはなぜでしょうか？ 長編『ねじまき鳥クロニクル』に登場する高校生、笠原メイは、主人公、岡田亨の家の近所に住んでいます。かつらメーカーでアルバイトをしており、学校へは行かずに、家の庭で日光浴をしたり、裏の路地を観察して過ごしています。しかし、この笠原メイという名前の人物は、『パン屋再襲撃』の「双子と沈んだ大陸」や『夜のくもざる——村上朝日堂超短篇小説』の「うなぎ」にも登場する謎の人物です。ファンは「あれ？ この人知ってる」と気づき、うれしくなるものです。

おそらく、これはファンサービスだと思います。

『TVピープル』の「加納クレタ」に登場する人物、加納クレタは、山の中の古い一軒家で、姉の加納マルタと暮らしています。一級建築士の資格を持った謎の美女ですが、その後、『ねじまき鳥クロニクル』にも、同じ名前の姉妹が登場します。不思議な直感を持ち、水を媒体に使う占い師マルタは、いつも赤いビニールの帽子をかぶっていて、報酬は受け取りません。地中海のマルタ島で修行をしていた経験があり、彼の地における水との相性が良かったために「マルタ」を名乗るようになったという設定です。この場合も、人気のある短編の登場人物が長編小説で活躍することで、ファンは大喜びです。

同じ登場人物が何度もくり返し登場するとうれしいという、マニアックなファン心理をつかんだ仕掛けです。

羊男や羊もたびたび登場します。羊男が村上さんの分身的存在であるように、羊は村上ワールドを代表する動物と言えるのです。『羊をめぐる冒険』の執筆時に北海道を旅してまわったという村上さんは、羊についてかなり詳しく調べています。そのとき取材を受けた緬羊研究の第一人者、平山秀介さんは、東京からやって来たヒッピー風の夫妻から熱心な質問を受けたため、てっきり羊飼いになりたいのだと思っていたら、その後、サイン入りの『羊をめぐる冒険』が送られてきた、というエピソードを明かしています。

羊男は、『羊をめぐる冒険』と『ダンス・ダンス・ダンス』に登場した羊の格好をした人間で、羊の毛皮を頭からすっぽりかぶっています。主人公のインナーチャイルドのような、異界の隠者的存在です。「僕にとっての永遠のヒーロー」だと作者自身

も認める村上さんの分身的キャラクターです。

絵本『羊男のクリスマス』、『ふしぎな図書館』、短編「シドニーのグリーン・ストリート」、超短編「スパゲティー工場の秘密」（『象工場のハッピーエンド』所収）など、さまざまな作品に登場しています。

「羊男のクリスマス」は、こんなストーリーです。クリスマスのための音楽を作曲するよう頼まれた羊男。しかし穴のあいたドーナツを食べてしまい曲がつくれない呪いにかかってしまいます。幻想的な佐々木マキさんの絵が楽しいクリスマス絵本となっています。

『羊をめぐる冒険』は、村上さんが経営していたジャズ喫茶「ピーターキャット」を友人に譲り、専業作家としてはじめて書いた長編小説の代表作です。謎の組織が、背中に星形の斑紋を持った羊を追う物語で、「僕」は行方がわからなくなった友人の「鼠」が関わっているらしい、人の中に住み着いてしまうという、この奇妙な羊を探す冒険に出ます。北海道を舞台に、いるかホテルの羊博士、羊男、耳の美しいガールフレンドなど、奇妙な記号がちりばめられた村上ワールドが繰り広げられる物語です。

『カンガルー日和』に収録されている短編「彼女の町と、彼女の緬羊」は、『羊をめぐる冒険』の原形のような物語です。舞台は十月の雪がちらつく札幌。作家の「僕」が友人を訪ねて旅行をした時、テレビであまり美人ではない二十歳くらいの町役場の職員を見かけます。そして、彼女の町と、彼女の緬羊に想いを馳せるというお話です。

このように、同じ登場人物、動物を何度もくり返し登場させることで、すべてがつながっているということも読者に示し、村上春樹という名のテーマパークの住人であることを暗示しているのでしょう。

14 突然、大切な何かが消える

村上作品では、いつも突然、何かが消失します。

猫が消え、妻が消え、恋人が消え、色も消える。そうやって、マジシャンのようにいろいろなものを次々と消してしまうのは、村上作品の様式美なのです。

まるで、映画やアニメーションに出てくる古典的な魔法使いのように、一瞬で、人間も消してしまいます。『ねじまき鳥クロニクル』では猫が失踪した後に妻が消え、『国境の南、太陽の西』では島本さんが箱根の別荘から消え、『スプートニクの恋人』

ではすみれがギリシャの島で煙みたいに消え、『騎士団長殺し』では「私」が絵を教える少女、秋川まりえが、短編「青が消える」(『村上春樹全作品1990〜2000』第一巻所収)では世界から青い色が、消えていきます。

このように村上作品において、女性や猫などの「突然の失踪」や「喪失感」が重要なテーマになっているのは間違いありません。そして、しばらくすると主人公がそれを探しはじめて、やがて世界の裏側に入り込んでしまう、というのが村上文学の主な展開です。

海が消えてしまうという物語もあります。「5月の海岸線」では、「僕」が十二年ぶりに自分の生まれ育った街に帰り、海の匂いを探して、子どもの頃に遊んだ海岸を訪れると、海が消えています。

埋め立てられたコンクリートの間に、ひっそりと残された小さな海岸線を「僕」は眺めるのです。失われた原風景を探し求める自伝的ストーリーで、『カンガルー日和』に収録されている作品です。

『東京奇譚集』の中の短編「どこであれそれが見つかりそうな場所で」では、ある日、マンションの二十四階と二十六階を結ぶ階段の途中で突然、夫が姿を消してしまいます。その妻から依頼された主人公「私」は、毎日その階段を調査しますが、いくら探しても夫の行方はわかりません。村上さんが、よく使うキーワード、エレベーター、パンケーキ、階段、ドーナツなどがちりばめられた、世にも奇妙な物語です。

同じく『東京奇譚集』に収められている短編の傑作「ハナレイ・ベイ」では、ピアニストのサチの十九歳のひとり息子が、ハワイのハナレイ・ベイでサーフィン中にサメに襲われ、消えてしまう。それ以来、サチは、自分の店でほとんど休みなくピアノを弾き、息子の命日が近づくと三週間の休暇をとってカウアイ島のハナレイ・ベイに行きます。そして、毎日ビーチに座りながら海とサーファーたちの姿を眺め続けているという切ない物語です。

こういった喪失と再生をくり返していく中で、主人公の「僕」や「私」は、少しずつ成長していくのです。

15 「動物」（あるいは「動物園」）を登場させる

鼠、羊、象、猫、あしか、鳥など村上作品には、動物がたくさん登場します。『羊をめぐる冒険』の羊男、『ねじまき鳥クロニクル』の猫と鳥。短編では「象の消滅」や「かえるくん、東京を救う」などもやはり動物が重要な存在です。

古代ギリシャでイソップが道徳的、風刺的主題を持つ物語である「寓話」を確立しましたが、ここでも擬人化された動物が活躍しています。教訓を目的とした短い物語に、動物は欠かせない存在なのです。

動物に教訓や風刺を織りこむ技法は、西洋絵画で

も使われます。

猫は、自由、残酷、多産、肉欲的。

犬は、忠誠、献身。

鳥は、時間、魂、自由。

魚は、生命、知恵、愚かさ。

羊は、無垢、上品、神への生贄。

鼠は、破壊、密告、貧困。

猿は、真似、悪意、傲慢、未熟な人間。

動物は「隠れた深い意味」を持つ重要なモチーフとして物語に奥行きを与えているのです。


例えば「品川猿」という短編があります（『東京奇譚集』所収）。主人公の安藤みずきは、一年前からときどき自分の名前が思い出せなくなることに悩んでいます。品川区役所の「心の悩み相談室」に通い、カウンセラーに相談していくうちに、それは名前を盗む「猿」の仕業だと判明します。そして、名前とともに心の闇も戻ってくるというお話です。

短編に「カンガルー通信」（『中国行きのスロウ・ボート』所収）という作品もあります。主人公は、デパートの商品管理課に勤めている二十六歳。動物園のカンガルーの柵の前である啓示を得て、顧客の苦情に対する返事をカセット・テープに吹き込みます。「僕」は、この手紙を「カンガルー通信」と呼びます。

また同じような短編に「カンガルー日和」（『カンガルー日和』所収）もあります。主人公「僕」と「彼女」は、新聞の地方版でカンガルーの赤ん坊の誕生を知ります。ある朝、六時に目覚めると、カンガルー日和であることを確認して動物園へ向かう。このように同じような動物が何度も繰り返し登場するのも村上春樹の代表的な技法です。

世界各地で神聖な動物とされる象もよく登場します。村上作品では、「象工場」や「消える象」という単語が登場しています。

象は、知恵、忍耐、忠誠、幸運、地位、強さ、大きいことなどを象徴することが多く、謎めいた物語に教訓的な深みを与えています。

初期の傑作として知られる「象の消滅」（『パン屋再襲撃』所収）は、ある日、象と飼育係の男が消えてしまうという短編小説です。英語版「The Elephant Vanishes」は、ジェイ・ルービンが翻訳し、一九九一年「ザ・ニューヨーカー」誌に掲載されたことで、アメリカで村上人気が出るきっかけにもなりました。

閉鎖された動物園の象を町が引き取って、空き缶踏み係にするという奇妙なショートショート「ハイネケン・ビールの空き缶を踏む象についての短文」という作品もあります。これは、「象の消滅」につながる実験的な作品として書かれました。

タイトルだけでなく、登場人物たちの会話や比喩表現としても、動物がよく登場します。『ダンス・ダンス・ダンス』には、「五反田君は一時間ほどしてから来てくれと運転手に言った。メルセデスはききわけの良い巨大な魚のように、音もなく夜の闇の中に消えていった」という一節がありますし、『国境の南、太陽の西』には「禿ワシは芸術と明日を食べるのね？」なんていう台詞もあります。

長編『ねじまき鳥クロニクル』にも鳥が登場します。村上作品には「ねじを巻く」

という言葉がよく登場しますが、ねじまき鳥は実在する鳥で、「どんな恰好をしているかは、僕も知らない。僕も実際にその姿を見たことはないからね。声だけしか聞いたことがない。ねじまき鳥はその辺の木の枝にとまってちょっとずつ世界のねじを巻くんだ。ぎりぎりという音を立てて……」と、世界のねじを巻いています。

このように村上作品には、奇妙な鳥がたびたび登場します。特に多いのはカラス、禿ワシなど。鳥という動物が持つ「時間、空間、長寿、繁栄、魂」というイメージを最大限に物語に溶け込ませています。

短編「とんがり焼の盛衰」のとんがり焼しか食べない「とんがり鴉」、『海辺のカフカ』の「カラスと呼ばれた少年」をはじめ、『風の歌を聴け』には「僕は黒い大きな鳥で、ジャングルの上を西に向かって飛んでいた」という描写があります。

他には、『騎士団長殺し』に登場する屋根裏に住む「みみずく」。川上未映子によるインタビュー集『みみずくは黄昏に飛びたつ』のタイトルにもなりました。『世界の終りとハードボイルド・ワンダーランド』の中には、「鳥を見ると自分が間違っていないということがよくわかる」という重要な台詞が出てきます。

『カンガルー日和』に収録されている「かいつぶり」という超短編もあります。「かいつぶり」は、カモと似ている、「カイツブリ目カイツブリ科カイツブリ属」に分類される鳥のことです。主人公の「僕」が、やっと見つけた仕事の初出社日にドアをノックすると、中から男が姿を現し、合言葉が必要だと言う……。意味がよくわからない会話が魅力的な不条理ショートショートです。ここでも鳥（「かいつぶり」）という存在は、イソップの寓話のように深い意味を隠し、効果的に使われています。

古代より動物は神の使い（化身）として崇められてきました。動物というシンボルが持つ意味を使いこなすと、物語に神話や伝説のような普遍性を演出することができるのです。

コラム　村上春樹の比喩入門——文学編

村上春樹さんの比喩で特に冴えているのが、文学の喩えです。見たことも聞いたこともないような表現でさらりと、言葉を置き換えてしまいます。教養をさりげなく感じさせるような美しい比喩は、ぜひ使ってみたいものです。

『オズの魔法使い』に出てくる錆ついて油の切れたブリキ人間になったみたいな気がした。

——『ねじまき鳥クロニクル』第2部　第12章

まるで「不思議の国のアリス」に出てくるチェシャ猫のように、彼女が消えた後もその笑いだけが残っていた。

——『1973年のピンボール』

事実、明治以前の日本人によって描かれた羊の絵は全て出鱈目な代物だ。**H・G・ウェルズが火星人に関して持っていた知識と同じ程度**と言ってもいいだろう。

——『羊をめぐる冒険』第6章

「面白そうな御職業で」「そんなこともないですよ」「しかしどことなく『白**鯨』のような趣き**があります」「白鯨?」と僕は言った。
「そうです。何かを探し求めるというのは面白い作業です」

——『羊をめぐる冒険』第7章

「たとえば**コナン・ドイルの『失われた世界』みたいに土地が高く隆起しているか、あるいは深く陥没していること**。あるいは外輪山のようにまわりを高い壁で囲まれていること」

——『世界の終りとハードボイルド・ワンダーランド』第9章

雨から身をよけることはできない。犬たちはみんな尻の穴までぐしょ濡れになり、あるものは**バルザックの小説に出てくるカワウソのように見え**、あるものは考えごとをしている僧侶のように見えた。

——『1973年のピンボール』

気がつくと日はすっかり暮れて、**ツルゲーネフ＝スタンダール的な闇**が私のまわりにたれこめていた。

——『世界の終りとハードボイルド・ワンダーランド』第15章

J・G・バラードの小説に出てくるみたいな大雨が一カ月降りつづいたって、それは私の知ったことではないのだ。

——『世界の終りとハードボイルド・ワンダーランド』第31章

「そして何かのかたちでかかわりあいそうな気がするんだ」

「まるでディッケンズの小説みたいな話ですね」と言って僕は笑った。

――『ノルウェイの森』第4章

もう四月だ。四月の始め。トゥルーマン・カポーティの文章のように繊細で、うつろいやすく、傷つきやすく、そして美しい四月のはじめの日々。

――『ダンス・ダンス・ダンス』第20章

16 突然、電話がかかってくる

『ねじまき鳥クロニクル』の冒頭では、主人公、岡田亨がロッシーニの「泥棒かささぎ」を聞きながらスパゲティーを茹でているときに、知らない女から電話がかかってきます。聞いたことのある声なのですが、亨はその声の主が、誰なのかどうしても思い出すことができません。電話の女は、挑発する発言をしたり、意味深な言葉を並べたりしますが、正体はわかりません。

村上作品において、電話というコミュニケーションツールは、つねに重要な役割を担っています。そして、いつも突然、謎の人物から電話がかかってきます。

短編「女のいない男たち」（『女のいない男たち』所収）では、夜中の一時過ぎに誰かから電話がかかってきます。そして、元恋人が自殺したと伝えられます。

短編「納屋を焼く」の韓国映画版『バーニング』でも電話が重要な役割として全編に使われています。主人公が実家にいると、常に謎の電話が鳴り続けるのです。

村上作品において電話は、フレンチレストランにおける「勝負用の前菜」という立ち位置に似ています。

『回転木馬のデッド・ヒート』に収録されている「嘔吐１９７９」という短編にも電話が効果的に登場します。

古いレコードのコレクターで、友だちの恋人や奥さんと寝るのが好きな若手のイラストレーターの話です。彼は、吐き気が一九七九年六月四日から七月十五日まで四十日間続き、さらにその間、見知らぬ男から毎日電話がかかってきた、という不思議な体験をするのです。

村上さんは、早稲田大学に入学した翌年、一九六九年に学生誌「ワセダ」で一九六八年の映画群を分析し『問題はひとつ。コミュニケーションがないんだ』という論文を発表しました。おそらく、大学生になって初めて書いた文章かと思われます。そこでもすでに「コミュニケーションの分断」について書いています。この重要な「デタッチメント（関わりのなさ）」というテーマは、初期の村上文学の基盤になっています。

『ダンス・ダンス・ダンス』の中にも「線を切られてしまった電話機のような完璧な沈黙」という文章があり、電話がコミュニケーションの象徴であることを示しています。

このように「電話」は、単なる会話のツールではなく、関係性を可視化してくれる魔法の装置です。映画やドラマでも冒頭に使われることが多い「飛び道具」。文章を書いていて、困ったときには、電話を鳴らしてみてはいかがでしょうか。

17　100パーセントの○○と言ってみる

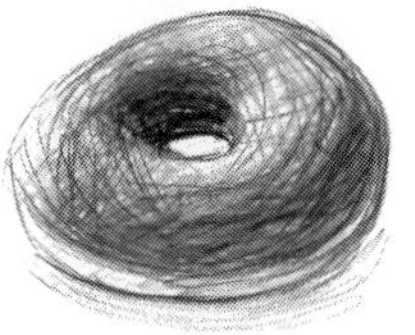

「100パーセント」という言葉は、力強い。

90パーセントでも70パーセントでもなく、「100」であることに意味があるのでしょう。100パーセントオーガニックコットン、100人に聞いた、100周年、満足度100パーセントなど、キャッチーなつかみの言葉として、枕詞に使われることが多いのです。

漢字の「百」は、数を意味するだけでなく「非常に多い」ということも表す言葉です。百科事典、日本百名山、百獣の王、百物語、百人力、百人一首も「百」を使っています。つまり、百は100でありながらも「無限の」や「完璧な」という意味をさりげなく伝えることができるマジックワードなのです。

短編「4月のある晴れた朝に100パーセントの女の子に出会うことについて」(『カンガルー日和』所収)は、その言葉の通り、「4月」のある晴れた朝、原宿の裏通りで「僕」が100パーセントの女の子とすれ違う、というだけのささやかな日常のひとコマを描いた話です。この「100パーセントの女の子」という表現がなんともニクい。ここで使っている「100パーセント」は、「無限」というよりは「完璧な」を表していると思います。

しかし、これが「春のある晴れた朝に完璧な女の子に出会うことについて」だと、内容は同じなのに、印象がぼやけてしまいます。やはり、「100パーセント」でなくては、成立しないでしょう。

ちなみに『ノルウェイの森』が発売されたとき、「一〇〇パーセントの恋愛小説」というコピーが赤と緑の装丁の帯に大きく書かれていましたが、これは村上さん自身が書いたものです。

台湾では、『ノルウェイの森』が大ヒットした後、「ノルウェイの森ホテル」「ノルウェイの森カフェ」「ノルウェイの森マンション」などが登場しましたが、同じように『カンガルー日和』が翻訳されると、「１００パーセントの女の子」が流行し、「１００パーセントの○○」が社会現象になったこともあります。

１００パーセントの男の子に出会うこと。１００パーセントの猫に出会うこと。１００パーセントの幸福に出会うこと。１００パーセントの愛情に出会うこと。１００パーセントの新人生に出会うこと。１００パーセントの良い大家さんに出会うこと。１００パーセントのお医者さんに出会うこと、１００パーセントの教室に出会うこと。

嘘みたいだけど、日本より「１００パーセントの○○」が、心にグッと響いたようです。「白菜」の発音が「百財」（多くの財産）という意味の単語と似ているという理由で白菜を愛するお国柄なだけあって、とても興味深い話です。

18 哲学的な「言葉」を使う

冒頭の一文は、やはり雷に打たれるような強い言葉が欲しい。それには、

① 刺激的な強い言葉を配置する。
② 読者に、いきなり謎を問いかける。
③ 短くてインパクトのある哲学的な言葉で惑わせる。

このような作戦が効果的です。
純文学では、冒頭の一文は至ってシンプルが美しいと言われます。例えば、
吾輩は猫である。　『吾輩は猫である』夏目漱石

メロスは激怒した。『走れメロス』太宰治
ある日の事でございます。『蜘蛛の糸』芥川龍之介
山椒魚は悲しんだ。『山椒魚』井伏鱒二

しかし、村上さんの冒頭はまったく正反対です。かなり、まわりくどくて、だからこそ独特の美しさがあります。デビュー作『風の歌を聴け』の始まりは「完璧な文章

などといったものは存在しない。完璧な絶望が存在しないようにね」です。これは、有名な冒頭ですね。『1973年のピンボール』も、「見知らぬ土地の話を聞くのが病的に好きだった」という謎めいた一行から始まります。

このような、強く印象に残る、哲学的な文章は、冒頭以外にも登場します。**村上さんは、物語にとって「重要な言葉」を哲学や文学から引用し、何気ない会話や登場人物の言葉の中で自然に使っているのです。**

『1973年のピンボール』の配電盤のお葬式をする場面では、主人公がお祈りの言葉としてイマヌエル・カントの『純粋理性批判』の一節を引用。「哲学の義務は、……誤解によって生じた幻想を除去することにある」と読み上げ、配電盤を貯水池に沈めていました。

またオーストリア、ウィーン出身の哲学者ルートヴィヒ・ヴィトゲンシュタインからも影響を受けています。『1Q84』の中では、タマルの台詞で「いったん自我がこの世界に生まれれば、それは倫理の担い手として生きる以外にない」という言葉を引用。後に村上さんは、毎日新聞の『1Q84』をめぐるインタビューにおいて、後期ヴィトゲンシュタインの「私的言語」概念に影響を受けていたことを明かしています。

そんな村上さんは、スイスの精神科医で心理学者ユングの影響も強く受けています。ユング派の心理学者である河合隼雄とも親しくしていて、『村上春樹、河合隼雄に会いにいく』という対談集もあります。『1Q84』では、宗教団体「さきがけ」のリーダーが「影は、我々人間が前向きな存在であるのと同じくらい、よこしまな存在である」とユングの言葉を引用しています。さらにタマルが殺人を犯す前に、ユングが思索のために自ら石を積んで建てた「塔」の入口に刻んだ「冷たくても、冷たくなくても、神はここにいる」という言葉を引用しているのです。

19 好きな作家の文体を徹底的に真似する

村上さんは、好きな作家から徹底的に文体を学び、影響を受けたことを隠しません。二十九歳のとき、第二十二回「群像新人文学賞」に『風の歌を聴け』が選ばれ、選考委員のひとりである丸谷才一さんが「村上春樹さんの『風の歌を聴け』は現代アメリカ小説の強い影響の下に出来あがったものです。カート・ヴォネガットとか、ブローティガンとか、そのへんの作風を非常に熱心に学んでいる。その勉強ぶりは大変なもので、よほどの才能の持主でなければこれだけ学び取ることはできません」と評したのは有名な話です。デビュー作『風の歌を聴け』は、短い章立てなど文章の構成がカート・ヴォネガット・ジュ

ニアの『スローターハウス5』とよく似ています。

ほかにも『タイタンの妖女』『猫のゆりかご』『チャンピオンたちの朝食』などが大きな影響を与えたと思われ、村上さん自身も、「愛は消えても親切は残る、と言ったのはカート・ヴォネガットだっけ」と『雨天炎天』に書いています。そして、自分が好きな作家から受けた影響について、とにかく熱く語り続けます。これは、とても大切なことです。

「走ること」と「小説」に関するエッセイをまとめた回顧録『走ることについて語るときに僕の語ること』という作品があります。

集中力を持続させるためには体力が不可欠と考え、「走ること」を選んだ村上さんの孤独な戦いが描かれていますが、このタイトルは、村上さんが大ファンで、翻訳もしたレイモンド・カーヴァーの短編集『愛について語るときに我々の語ること』へのオマージュとしてアレンジしたもの。「……について語る」という言葉で「テーマ」をはっきりさせ、「……の（……が）語ること」とつなげることで「誰の意見が書かれているのか」が明確に伝わってきます。

大好きな尊敬する作家の文体を徹底的に真似したり、オマージュを捧げることで、作者もまた同じ読者から愛されるようになるのです。

また好きな作家を熱く語っている文章は、好きな気持ちが伝わり、読んでいて気持ちがいいものです。

村上さんは大好きなスコット・フィッツジェラルドについても何度も物語に登場させています。

『スプートニクの恋人』には、「あたりがまだ真っ暗で、それはかつてスコット・フィッツジェラルドが「魂の暗闇」と呼んだ時刻に近いらしい……」なんていう台詞もあります。

さらに「フィッツジェラルドはやはりアルコール中毒で、経済観念ゼロで、借金だらけで死んだ。僕の人生とはずいぶん違う。そういう人たちに比べると僕の私生活なんてマルク債の如く堅実みたいに見える」といった文章も『村上朝日堂 はいほー!』に書いています。

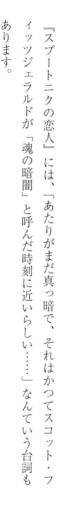

20
謎めいた数字をどこかに隠す

数字には、壮大な物語が隠されています。

「0」

無、すべての始まり、無限、世界の原点のイメージ。

「1」

何かが始まっている。知性、実在、はじまりの数字。

「2」

相反するふたつの物事が存在する、二元論を暗示。

「3」

三位一体。神秘的、楽観的、ポジティブなマジックナンバー。

古くから日本では「四（死）」「九（苦）」などが不吉な数字と言われています。旅館やホテルの部屋番号や駐車場の番号なども四と九を使わないことがあります。キリスト教文化圏の「13（13日の金曜日）」「666（悪魔の数字）」も同じく不吉と言われます。このように我々は、数字に自然と不思議な意味を感じてしまいます。村上さんはこの数字の力を積極的に作品に取り込んでいます。

例えば、『羊をめぐる冒険』に登場する架空の町「十二滝町」。札幌から北へ二六〇キロ、日本で第三位の赤字路線、十二の滝があるなどの描写から、旭川の北にある美深町の仁宇布《にうぶ》地区がモデルになったと思われます。

この、数字の「十二」とは実は神秘の数字です。

一年は十二ヶ月。一日は二十四時間。十二がベースになっています。星座は、十二種類。干支も、子、丑、寅、卯、辰、巳、午、未、申、酉、戌、亥の十二支。新約聖書に登場するキリストの十二人の使徒。ギリシア神話には、オリンポス山の山頂に住んでいると伝えられる十二神がいます。仏教でも十二縁起は、ブッダが説く苦しみの元となる数字。音楽の世界での平均律は、十二個の鍵盤があります。

つまり、「十二」という数字は、極めて神聖で美しい数字であることには間違いありません。そんな十二という数字を町の名前として意図的に使っているのです。『色彩を持たない多崎つくると、彼の巡礼の年』にも、「十二」という数字が繰り返し出てきます。フィンランドに到着した多崎つくるに現地の女の子が、飛行機の中で何の映画を見たのか尋ね、その質問に答える場面では『ダイ・ハード12』と答え、つくるが恋人の沙羅に電話をかける場面では、「コール音が十二回あり、それから沙羅が出た」。恋人の沙羅から多崎つくるに折り返しの電話がある場面でも「受話器を取るべきかどうか、コールが十二回続くあいだ、つくるは迷っていた」とあります。

文章を書く上で、数字の意味や物語を大切に扱うことも、重要な作業なのです。

21 細かい数字にこだわる

数字は、魔法です。村上さんは、とにかく数字にこだわります。
「千の位」「百の位」だけでなく、「一の位」に細部に至るまで謎めいた数字を決めています。細かい数字を書くことで、情報の現実味が増すのです。
「ビタミンCが多く配合されています」よりも「レモン48個分のビタミンCが配合さ

れています」と書いたほうがリアルに感じます。

「1日に500個も売れてます！」と書くより「3秒に1個売れてます！」と書いたほうが、なぜか伝わるのです。数字を大きく見せようと四捨五入したりキリよくしてしまいがちですが、あえて細かい数字を書くことで信頼性が増すのです。

デビュー作『風の歌を聴け』には、細かい数字がたくさん登場します。

「彼女の死を知らされた時、僕は6922本めの煙草を吸っていた」にはじまり、主人公の彼女は「三番目に寝た女の子」と呼ばれ、名前も語られません。そして、「当時の記録によれば、1969年の8月15日から翌年の4月3日までの間に、僕は358回の講義に出席し、54回のセックスを行い、6921本の煙草を吸ったことになる」という描写があります。

ここでは主人公と彼女との関係が、すべて数字で表現されているのです。

そして、夏の間、「僕」と友人の「鼠」はまるで何かに取り憑かれたようにビールを飲み干します。その量がまたすごい。

「一夏中かけて、僕と鼠はまるで何かに取り憑かれたように25メートル・プール一杯分ばかりのビールを飲み干し、ジェイズ・バーの床いっぱいに5センチの厚さにピーナツの殻をまきちらかした。そしてそれは、そうでもしなければ生き残れないくらい退屈な夏であった」

25メートル・プール一杯分ばかりのビールとは、いったいどれくらいなのでしょう。文章中に細かい数字を取り入れると、それが嘘でも文章全体にリアリティや説得力が増す。バカバカしいくらい細かければ細かいほど、魅力を感じてしまうのが不思議です。

さらに『カンガルー日和』に収録されている短編「駄目になった王国」の中の一説にこんな表現があります。

「Q氏は僕と同い年で、僕の570倍くらいハンサムである」。この一文も、やはり数字を入れることで印象が強くなっています。

主人公の「僕」よりも570倍ハンサムというイケメンQ氏は『ノルウェイの森』に登場する永沢さんにも重なります。「僕」は、赤坂近くのホテルのプールサイドで偶然、隣に座る大学時代の友人Q氏を見つけます。そのQ氏は連れの女の子に紙コップのコーラを投げつけられています。

このように意味不明でも具体的な数字を書き込むのは、とても効果的な演出です。空想の物語にリアリティを浮かび上がらせる最適な手法だと思います。これは、村上ファンを公言する新海誠監督の小説『秒速5センチメートル』にも受け継がれています。

22 年齢を具体的に描く

村上作品を読むと登場人物の年齢設定が細かいことに気づきます。読者が主人公に共感しやすくするために、あえて年齢を具体的に描くことが多いのです。

しかも年齢を、タイトルに入れてしまうほどこだわります。

例えば、『カンガルー日和』の短編「32歳のデイトリッパー」。「デイトリッパー」は、ビートルズ十一作目のアルバム『イエスタデイ・アンド・トゥデイ』に収録され

ている曲です。三十二歳の僕と、十八歳の「せいうち」のようにかわいい彼女のたわいのない会話が描かれた作品です。これも、三十二歳の僕と十八歳の彼女と限定することで、なぜか生々しい恋愛に感じられてくるのが不思議です。

魅力的な文章には、「数字」と「固有名詞」が効果的なのです。

三十二歳と十八歳という年齢も、禁断の恋という男性の願望が絶妙に表現されていると思います。これが、三十二歳の僕と、三十歳の「せいうち」のような彼女とのたわいのない会話だったら、あまりに普通の描写となってしまうでしょう。

この十八歳の彼女というギリギリ法律に違反しないような年齢だからこそ、魅力を感じるわけです。これが二十歳の僕と十八歳の彼女でもつまらない。二十三歳の僕と十八歳の彼女でも普通すぎる。やはり、三十二歳の僕と十八歳の彼女と限定することで、ドキドキ感が増すのです。

『ノルウェイの森』にも年齢の表現は、たびたび登場します。

「四月半ばに直子は二十歳になった。僕は十一月生まれだから、彼女の方が約七ヵ月年上ということになる。直子が二十歳になるというのはなんとなく不思議な気がした。僕にしても直子にしても本当は十八と十九のあいだを行ったり来たりしている方が正しいんじゃないかという気がした。十八の次が十九で、十九の次が十八、――それならわかる。でも彼女は二十歳になった。そして秋には僕も二十歳になるのだ。死者だけがいつまでも十七歳だった」。

これも繊細な年頃の年齢表現が秀逸です。

年齢には「実年齢」、「肉体年齢」、「精神年齢」の三種類があります。揺れ動く心理を年齢に応じた言葉を巧みに使い分けて描き、ギャップを生み出すことが美しい文章を際立たせることになるのです。

コラム　村上春樹の比喩入門——映画編

比喩に登場する映画はとてもたくさんあります。名作、西部劇からゴダールまで、村上さんの趣味が反映しているようで、映画の比喩が小説に登場するとおもわず、微笑んでしまいます。

☞

雨はひどく静かに降っていた。新聞紙を細かく引き裂いて厚いカーペットの上にまいたほどの音しかしなかった。**クロード・ルルーシュの映画でよく降っている雨だ。**

——『1973年のピンボール』

スクラップです。**『ゴールドフィンガー』にあったようなやつですよ。**

——『1973年のピンボール』

生垣があり、よく手入れされた松があり、品の良い廊下がボウリング・レーンみたいにまっすぐ続いている。とにかく、それだけの建物が**予告編つきの三本立て映画みたいに丘の上に収まっている風景**はちょっとした見ものだった。

――『羊をめぐる冒険』第4章

「『2001年宇宙の旅』みたいに?」「そのとおり」と私は言った。

――『世界の終りとハードボイルド・ワンダーランド』第7章

『スター・ウォーズ』の秘密基地みたいなあの馬鹿気たハイテク・ホテルが建っている。

――『ダンス・ダンス・ダンス』第6章

腕には金色のローレックスの時計が光っていたが、もちろん子供用のローレックスというのはないので、それは必要以上に大きく見えた。**『スタートレック』か何かそういうのに出てくる通信装置みたいだ。**

——『世界の終りとハードボイルド・ワンダーランド』第13章

『第三の男』のジョセフ・コットンみたいにじっと見ていた。

——『世界の終りとハードボイルド・ワンダーランド』第39章

23 奇妙な食べ物を（食べ方）を登場させる

「ホット・ケーキのコカ・コーラがけ」を食べたことがあるでしょうか。これは『風の歌を聴け』に登場する名物メニューです。

鼠の好物は焼きたてのホット・ケーキである。彼はそれを深い皿に何枚か重ね、ナイフできちんと四つに切り、その上にコカ・コーラを一瓶注ぎかける。そして、

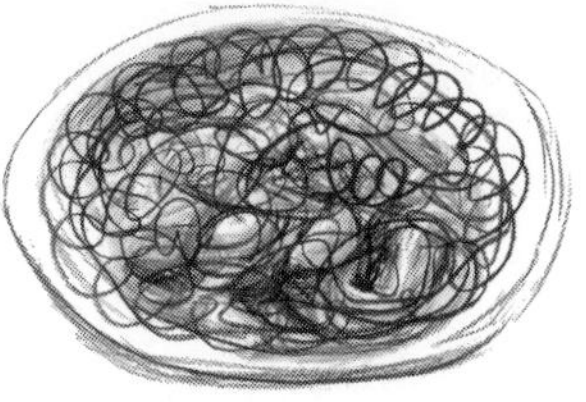

「この食い物の優れた点は」と鼠は「僕」に言った。
「食事と飲み物が一体化していることだ。」

意外とおいしいと評判の料理です。こうやって料理を印象的に描くのも春樹文学の重要な演出法です。

なぜか、村上作品の主人公がよく作っているスパゲティーは想像するだけで、とてもおいしそう。読んだ後に、なぜか同じものを作りたくなるのです。

最も有名な料理は、「ありあわせのスパゲティー」です。村上さんが学生時代に頻繁に作っていたという簡単料理です。冷蔵庫に残っていたものをなんでもかんでも茹で立てのスパゲティーとまぜてしまうと『村上朝日堂』で書いています。

物語でも料理は、演出の小道具として使われます。『ねじまき鳥クロニクル』は、「僕」がスパゲティーを茹でているときに謎の電話がかかってくるシーンからはじまります。スパゲティーが、まるでこれから起こる「混乱」の象徴のような存在として描かれているのです。『羊をめぐる冒険』の「たらこのスパゲティー」や、『ダンス・ダンス・ダンス』の「結局食べられなかったハムのスパゲッティ」など、初期作品には必ず登場している料理です。『カンガルー日和』に収録されている短編「スパゲティーの年に」は、巨大なアルミ鍋を手に入れ、春、夏、秋、とスパゲティーを茹でつづけた一九七一年の記録です。

『海辺のカフカ』にも奇妙な表現が登場します。「キュウリのごとくクールに、カフカのごとくミステリアスに」。この「クール・アズ・ア・キューカンバー」は、「キュウリのように冷静な」という意味の英語の慣用句です。これをわざと直訳してジョークのように遊んでいる表現なのです。

ちなみに、キュウリののり巻きが『ノルウェイの森』に登場します。入院中である緑の父を訪問したときに「僕」が創作した料理。「僕は洗面所で三本のキウリを洗った。そして皿に醬油を少し入れ、キウリに海苔を巻き、醬油をつけてぽりぽりと食べた。『うまいですよ』と僕は言った。『シンプルで、新鮮で、生命の香りがします。いいキウリですね。キウイなんかよりずっとまともな食いものです』」。

こちらも何か意味ありげにキュウリが登場するのですが、食べ物が、苦さと新鮮さを演出し、とても印象に残るシーンとなって場面を引き立てています。

料理は、物語の中で頼もしい武器となるのです。

24 食べ物に喩えてみる

場面や状況を食べ物に喩えるという手法も便利です。

村上さんと柴田元幸さんが翻訳について語る『翻訳夜話』の中で、村上さんは、小説を書くことと翻訳することの関係を「雨の日の露天風呂システム」と呼んでいます。露天風呂で温まって、雨に打たれて冷えて、という交互に一日中ずっとやっていられることの喩えです。「あるいはチョコレートと塩せんべい」、とも語っています。

『世界の終りとハードボイルド・ワンダーランド』には、こんな名台詞があります。「寝不足のおかげで顔が安物のチーズケーキみたいにむくんでいた」。実に魅力的な比喩表現です。

他にもこの作品には「床はきれいに磨きあげられた光沢のある大理石で、壁は私が毎朝食べているマフィンのような黄味がかった白だった」といった斬新な表現も登場します。

『ダンス・ダンス・ダンス』には、こんな表現もあります。

「日焼けがたまらなく魅力的だ。まるでカフェ・オ・レの精みたいに見える。背中にかっこいい羽をつけて、スプーンを肩にかつぐと似合いそうだよ。カフェ・オ・レの精。君がカフェ・オ・レの味方になったら、モカとブラジルとコロンビアとキリマンジャロが束になってかかってきても絶対かなわない。世界中の人間がこぞってカフェ・オ・レを飲む。世界中がカフェ・オ・レの精に魅了される。君の日焼けはそれくらい魅力的だ」。

読んでいると恥ずかしくなってしまいますが、これも文学的な表現としては秀逸な言葉選びだと思います。

このように場面や状況を食べ物に喩えるという手法は、とても便利で、五感に訴えやすく、読者が理解しやすいのです。

25 酒の種類に、とことんこだわる

場の空気を入れ替える時は、お酒が便利です。物語に困ったら、とりあえず登場人物にお酒を飲ませましょう。

「ビールがなくなるとカティー・サークを飲んだ。そしてスライ&ザ・ファミリー・ストーンのレコードを聴いた。ドアーズとかストーンズとかピンク・フロイドとかも聴いた。ビーチ・ボーイズの『サーフズ・アップ』も聴いた。六〇年代的な夜だった。ラビン・スプーンフルもスリー・ドッグ・ナイトも聴いた。もしシリアスな宇宙人がそこに居合わせたらたぶんタイム・ワープか何かだと思っただろうと思う」。

『ダンス・ダンス・ダンス』にこんな場面があります。

正直なところ、お酒を飲まない、音楽にも詳しくない人からすると何を言っているかわかりません。しかし、この記号のようなキーワードこそが、春樹の文体の軽さを助けています。

「僕らはハレクラニのバーに行った。プールサイド・バーじゃない方の室内バーだった。僕はマティーニを飲み、ユキはレモン・ソーダを飲んだ。セルゲイ・ラフマニノフみたいな深刻な顔をした髪の薄い中年のピアニストが、グランド・ピアノに向かって黙々とスタンダード・ナンバーを弾いていた」。こんなシーンも『ダンス・ダンス・ダンス』にありますが、これだけで時代の空気感が伝わります。

あえて流行のお酒をふんだんに使うことで表現できる「時代の空気感」もあるのです。

26 何番目なのかを丁寧に描く

登場人物が「何番目の男」なのかは、やはり気になる問題です。オーソン・ウェルズが出演している「第三の男」にもあるように、三番目以降の存在はどこか「非公式的な」謎が隠されている気がします。

例えば、「第三の宝発見」とか「第三の女がいた」というと、何か気持ちがざわつきます。さらに「四番目の敵」「五番目の女」など、ますます謎が深まる印象を受けるのです。

『レキシントンの幽霊』の中にある短編「七番目の男」は、輪になって座った人々がひとりずつ話をしている物語です。

村上さんがサーフィンに夢中になっていた時代に波を眺めていて思いついたという作品ですが、これも、七人の中の「七番目の男」という部分によって「ホラー」「ミステリー」のような印象を受けるのです。

七人いて七番目というのは、それだけでも、気になる設定。もしタイトルが「七番目の女」だったら、もう何か事件が起きそうな予感がします。

このように「○番目」という言葉には、ミステリアスで、読者の興味を惹くような雰囲気を作り出す力があるのです。

27 ポップなキーワードをちりばめる

村上さんは、文章についてのほとんどを音楽から学んだと語っています。『村上春樹 雑文集』で、「音楽にせよ小説にせよ、いちばん基礎にあるものはリズムだ。自然で心地よい、そして確実なリズムがそこになければ、人は文章を読み進んではくれないだろう。僕はリズムというものの大切さを音楽から（主にジャズから）学んだ」と発言しています。比喩にも大量生産、大量消費されたポップカルチャーにまつわる言葉がたくさん登場します。

『世界の終りとハードボイルド・ワンダーランド』には、「私は地球がマイケル・ジャクソンみたいにくるりと一回転するくらいの時間はぐっすりと眠りたかった」。

『国境の南、太陽の西』には、「身をかがめて彼女の額にキスした。彼女は気取ったフランス料理店の支配人がアメリカン・エクスプレスのカードを受け取るときのような顔つきで僕のキスを受け入れた」という表現もあります。

また『海辺のカフカ』の中では、ケンタッキーフライドチキンの創業者カーネル・サンダーズそっくりな扮装をした謎の人物が登場して、星野青年に「入り口の石」のありかを教えたりもします。村上作品には、「パン」「ピザ」「ペーパーバック」のような印象が明るい言葉が意図的にたくさん登場しています。この手法は、春樹チルドレンとも言える歌手の歌詞にも見られます。椎名林檎の「丸の内サディスティック」に「リッケン620頂戴」「あたしをグレッチで殴って」という歌詞がありますが、少しだけ春樹の香りがします。小沢健二の「痛快ウキウキ通り」も春樹的ポップです。「プラダの靴が欲しいの」とか「〝ポーギーとベス〟の流れる喫茶

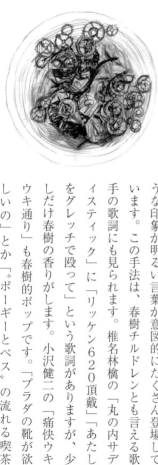

店」などという歌詞がちりばめられています。

日常に潜むポップな言葉を武器にすれば、文学と我々の生きる世界を大胆につなぐことができるのです。

28 有名な音楽をＢＧＭとして使う

音楽には人を感動させる力があります。そして、自分が知っている音楽が登場すると、映像がみえたり、音が聞こえたり、共感覚を味わうこともあるのです。この効果を、村上文学では多用しています。

例えば、ビートルズ。レイコさんがギターで演奏した「ノルウェーの森」をはじめ、小説『ノルウェイの森』にはビートルズの曲がたくさん登場します。直子の誕生日に聴くレコードが「サージェント・ペパーズ・ロンリーハーツ・クラブ・バンド」で、村上さんはこの曲を一二〇回くらい聞きながら執筆していたそうです。他にも、「ミシェル」、「ノーホエア・マン

（ひとりぼっちのあいつ）」、「ジュリア」などが登場します。また、ビートルズの曲名をタイトルにした短編に、『カンガルー日和』の「32歳のデイトリッパー」や『女のいない男たち』の「ドライブ・マイ・カー」があります。

「イエスタデイ」（『女のいない男たち』所収）という短編もあります。主人公の友人「木樽《きたる》」が、関西弁でビートルズの「イエスタデイ」を歌うシーンが話題になりました。作中に「サリンジャーの『フラニーとズーイ』の関西語訳なんて出てないでしょう？」という台詞がありますが、村上さんは「ズーイの語り口を関西弁でやる」翻訳をずっとやりたくて、それができない欲求不満からこの短編を書いたと語っています。この作品は『女のいない男たち』に収められるにあたって、この関西弁「イエスタデイ」の歌詞も大半が削られてしまいましたが、それでも「イエスタデイ」は異色の作品として印象に残っています。

初期の作品には「エルヴィス・プレスリー」も登場します。アメリカン・ドリームの象徴的存在。『風の歌を聴け』の主人公「僕」が初めてデートした女の子と観たのが、エルヴィス・プレスリーの主演映画。『色彩を持たない多崎つくると、彼の巡礼の年』の中では、つくるが着信メロディーの曲名を思い出して、エルヴィス・プレスリーの「ラスヴェガス万歳！」だ、と思うシーンもあります。

このように作中に使う音楽は、文学にとってもＢＧＭとなり、映画やドラマのような盛り上げ効果が抜群なのです。

場面を急展開したいときなどは、アップテンポの曲を大胆にかけると良いでしょう。車のラジオから流れてくるとか、ＣＤをかけるなどして、場の空気感を変えることができます。

コラム　村上春樹の比喩入門――建築編

人間は、世界一ちいさな建築に見立てることができます。例えば「彼女の心の闇は、巨大なピラミッドのようだ」「僕の気持ちは、つぶれかけた山小屋のようだ」といったようにさまざまな建物を組み合わせたバリエーションが考えられます。

☞

時間のことを考えると私の頭は**夜明けの鶏小屋のように**混乱した。

――『世界の終りとハードボイルド・ワンダーランド』第29章

謝肉祭の季節を迎えたピサの斜塔みたいに前向きで、しっかりとした勃起だった。

――『海辺のカフカ』下　第28章

ナカタは本が一冊もない図書館のようなものです。昔はそうではありませんでした。ナカタの中にも本がありました。

——『海辺のカフカ』下　第32章

私は受話器を置いてから、もう二度とあの娘に会えないことを思って少し淋しい気持になった。**まるで閉館するホテルからソファーやシャンデリアがひとつひとつ運びだされているのを眺めているような**気分だった。

——『世界の終りとハードボイルド・ワンダーランド』第37章

「二度と結婚したくないと思う？」

「もうどちらでもいいんだ」と私は言った。「どちらでも変りはない。**入口と出口がついている犬小屋のようなものさ。**どっちから出てどっちから入ってもたいした変りはない」

――『世界の終りとハードボイルド・ワンダーランド』第37章

眠りは浅く、いつも短かかった。**暖房がききすぎた歯医者の待合室のような眠りだった。**

――『1973年のピンボール』第14章

広告を押えるというのは出版と放送の殆んどを押えたことになるんだ。広告のないところには出版と放送は存在しない。**水のない水族館のようなもんさ。**

――『羊をめぐる冒険』第4章

彼にじっと見つめられると、**どうも自分がからっぽのプールになったような気がした。**

――『羊をめぐる冒険』第6章

29 色にこだわる

村上春樹は、色の小説家です。とにかく色にこだわります。

『色彩を持たない多崎つくると、彼の巡礼の年』に登場する名古屋在住の仲良し五人組は、アカ・アオ・シロ・クロと仲間を色で呼び合っていましたが、唯一、主人公の多崎つくるだけが名前に色が入っていません。そんなつくるは、大人になったある日、恋人に薦められ、友人たちに再会する巡礼の旅に出ます。高校時代の親友だった男女四人から突然絶縁された、つくるの喪失と回復を描く、中国の五行思想的な成長物語。

　この作品では、色が効果的に、深層心理を描いています。


色にはそれぞれ特徴があり、我々の心理や行動に大きな影響を与えています。色が持つイメージだけでなく、「色《しき》」は、変化し、壊れるものの象徴として語られることも多いのです。


　私たちは色からさまざまな印象を受けることがあります。

　例えば「赤」。「真っ赤な嘘」「赤の他人」という言葉もありますが、「赤」と聞いて思い出すのは「火」「血」、さらに「情熱」「革命」といった抽象的な概念も連想するのです。「黄色い声」と聞いただけで「キャー」という印象が連想されたりもします。

　これは、色の魔法としかいいようがありません。例えば、色はこんな印象を与えます。

　白→「善」「真理」「純潔」「純粋」

　黒→「悪」「高級」「夜」「闇」「悲しみ」

茶↓「執着」「落ち着き」「古風」「安定感」
赤↓「愛」「情熱」「危険」「勇気」「攻撃」
オレンジ↓「陽気」「幸福」「誇り」「野心」
黄↓「活発」「明快」「楽しさ」「幸福」「希望」「ユーモア」
緑↓「安全」「健康」「成長」「自然」「癒し」
青↓「冷静」「知性」「未来」
紫↓「高貴」「正義」「優雅」「神秘」
金↓「太陽」「栄光」「光」
灰↓「陰鬱」「不変」「沈静」

といった感じです。『色彩を持たない多崎つくると、彼の巡礼の年』の登場人物も巧みに色分けされ、「白」と「黒」の中間色である「灰色」の名前を持つ「灰田」という男も登場します。

全集でしか読めない短編に「青が消える」という作品があります。アイロンをかけているときにシャツの青色が消えてしまい、気がつくと世界から青が消えていた、という物語です。

実は、この「青が消える」は、その後も村上作品にたびたび登場する「青」、「消える」というキーワードが両方登場している重要な作品なのです。

青が名前に付く青豆は、『1Q84』に登場する主人公のひとり。本名は、青豆雅美《あおまめまさみ》。広尾にある高級スポーツクラブに勤務するインストラクターでありながら、暗殺者という裏の顔を持っています。この名前は村上さんが居酒屋で「青豆とうふ」というメニューを見た時にひらめいたそうで、友人のイラストレーターである安西水丸と和田誠の共著のエッセイ集に『青豆とうふ』というタイトルを付けたこともあります。

また、村上さんが、十二歳のときに編集委員として参加した西宮市立香櫨園《こうろえん》小学校の卒業文集に収録されている作文もタイトルが「青いぶどう」です。

冒頭で、村上さんは自分たちのことを熟す前の「一粒の青いぶどう」と比喩で表現するなど、類まれなる才能を感じさせる貴重な原点となる文章です。

青は、空、海、水といった自然のイメージを連想し、同時に内向的、知性、悲しみ、憂鬱といったイメージを感じさせます。ある意味で、「青」は、村上文学のテーマカラーなのです。

このように色は、人の心理を演出するだけでなく、物語の世界観を表現してくれる、大切な言葉なのです。

30 名作文学をちりばめる

村上さんは、ジャズやクラシックなど音楽に詳しいだけでなく、もちろん古典文学に詳しい。特に外国文学が大好きで、子どもの頃から親しんできました。それだけに物語にもしばしばロシアの文豪などがさらりと登場するのです。

中でもドストエフスキーは重要な存在。『罪と罰』、『白痴』、『悪霊』、『カラマーゾフの兄弟』などで知られる十九世紀ロシアの小説家ですが、村上さんは、「偉大な作家ですね。ドストエフスキーを前にすると、自分が作家であることがむなしくなってきます」と『CD-ROM版村上朝日堂　スメルジャコフ対織田信長家臣団』の中で告白しています。また、「世の中には二種類の人間がいる。『カラマーゾフの兄弟』を読破したことのある人と、読破したことのない人だ」とも語っています。

ちなみに、『カラマーゾフの兄弟』は、村上作品に登場する回数がもっとも多い小説なのです。信仰、死、国家、貧困、家族の関係など、さまざまなテーマを含んでおり、村上さんがめざす総合小説の象徴と言えます。

『風の歌を聴け』では、鼠が『カラマーゾフの兄弟』を下敷きにした小説を書き、『世界の終りとハードボイルド・ワンダーランド』では「私」が「兄弟の名前をぜんぶ言える人間がいったい世間に何人いるだろう」とこの小説を思い出しています。

またアントン・チェーホフも重要な作家。『かもめ』『ワーニャ伯父さん』『三人姉妹』『桜の園』の四大戯曲が有名なロシアを代表する劇作家です。『村上春樹朝日堂はいかにして鍛えられたのか』で、旅行に持っていくなら『チェーホフ全集』だと書いているほど、村上さんが影響を受けた作家のひとりとして知られています。

『1Q84』では、天吾がチェーホフの紀行録『サハリン島』を取り上げ、先住民ギリヤーク人に関する記述を朗読したり、「小説家とは問題を解決する人間ではない。問題を提起する人間である」という彼の名言を思い出すシーンがあります。

短編にも古典文学や名作が登場します。『女のいない男たち』の中に「シェエラザード」という作品があります。「私の前世はやつめうなぎだったの」。何らかの理由で身を隠すことになった主人公の羽原は、性交するたびに不思議な話を聞かせてくれる女を『千夜一夜物語』の王妃と同じようにシェエラザードと名付けます。村上作品には珍しく「北関東の地方小都市」にある、どこかの町が舞台の奇妙な物語です。こうやって古典文学を再生させることで、格調高い物語が生まれるのです。

和歌には、「本歌取り《ほんかど》」という技法があります。古歌（本歌）の一部を取って新たな歌を詠み、本歌を連想させて歌にふくらみをもたせることです。村上さんは、この「本歌取り」を小説にも応用して、世界の名作を素材にして新しい文学を生み出しているのでしょう。

31

何かのフェティシズムであることを強調する

「フェティシズム」は、フランス語の「フェティッシュ（物神、呪物）」から生じた言葉です。ある対象、あるいはその断片などを偏愛することを指します。

村上作品ではこの「フェティシズム」が重要なスパイスとなっているのです。

象徴的なのは『羊をめぐる冒険』、『ダンス・ダンス・ダンス』に登場する、耳に特別な力を持つ「僕」のガールフレンドです。

魔力的なほど完璧な形をした美しい耳を持っていて、耳専門のモデル、出版社のアルバイト校正係、高級コールガールなどさまざまな仕事をしています。性器の比喩として、「耳」を表現しているのかもしれません。いずれにしても登場人物が耳フェチであることで、物語に見えない官能性を与えています。

他にも、「耳」が象徴的に登場する作品があります。

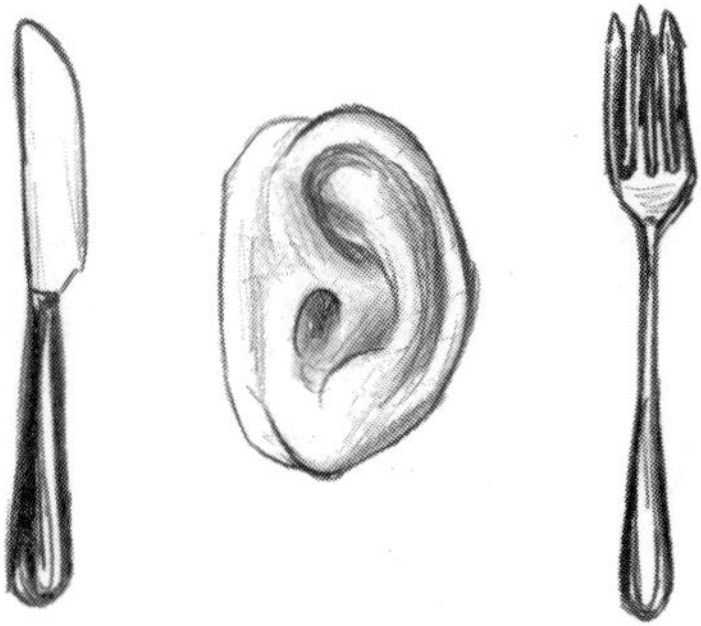

短編「めくらやなぎと眠る女」は、耳の治療のため、いとことバスに乗って病院へ向かった「僕」の奇妙な物語です。
「めくらやなぎ」には強い花粉があって、その花粉をつけた小さなハエが耳から入り込んで、ある女を眠らせる、という奇妙な設定が登場します。ここでも、心を閉ざした人同士のコミュニケーション手段として、「耳」に重要な意味を持たせています。

耳にこだわっている作品は、まだあります。『中国行きのスロウ・ボート』に収録されている短編「シドニーのグリーン・ストリート」です。シドニーのグリーン・ストリート（緑通り）に事務所を構える私立探偵の「僕」は、羊男から、羊博士にとられた右の耳をとりかえしてもらいたいと依頼を受けます。

後に、若い読者に向けた短編集『はじめての文学　村上春樹』にも収録されたほど、村上さんはこの作品を気に入っている様子。

初期の「耳小説」として、重要な存在感を醸し出しています。

『1Q84』には、「できたばかりの耳と、できたばかりの女性性器はとてもよく似ている」というフレーズが登場します。

やはり、耳には性器を思わせる何らかの共通点があるに違いありません。

32
アナグラムを使いこなす

アナグラム（anagram）とは、言葉遊びのひとつです。

「ある単語」の文字をいくつか入れ替えることによって、全く別の意味を作り出す遊びです。

ウィリアム・シェイクスピアの『ハムレット』（Hamlet）という主人公の名前は、『デンマーク人の事績』に登場する「アムレート（Amleth）」のアナグラムだと考えられています。タモリは、本名である「森田」の逆さ読み、歌手カヒミ・カリィ（Kahimi Karie）は、本名の比企眞理（ひきまり）のアナグラム。大手書店の「ジュンク堂」は、創業者の父、工藤淳のアナグラム「淳工藤（ジュンクドウ）」が名前の由来です。

こうやってさりげなく意味を隠す、上級者向けの言葉遊び、それがアナグラムなのです。

『ダンス・ダンス・ダンス』に登場する売れない小説家は「牧村拓（Makimura Hiraku）」。ナイーブな青春小説の作家から突然実験的前衛作家に転向し、神奈川県の辻堂で暮らしています。ユキの父親ですが、「村上春樹（Murakami Haruki）」のアナグラムとなっています。実は、この名前は、実際に村上さんがデビュー前に雑誌などのライター仕事で使っていた幻のペンネームなのです。

33
半自伝的に自分の分身を描く

村上文学最大の登場人物と言えば「僕」です。
「僕」は村上さん自身であり、物語の中に住む分身でもあります。
『風の歌を聴け』、『１９７３年のピンボール』、『羊をめぐる冒険』、『ダンス・ダンス・ダンス』の「僕と鼠四部作」をはじめ多くの作品が「僕」という一人称のスタイルで書かれています。
『ねじまき鳥クロニクル』を書き終えたときに「もう一人称だけではやっていけない

な」と思ったそうで、『海辺のカフカ』のナカタさんの章、『アフターダーク』『1Q84』『色彩をもたない多崎つくると、彼の巡礼の年』は三人称で書かれることになりました。

こうやって自分の分身を丁寧に描くのも村上文学の魅力です。

また、分身は物語の中に溶け込んで登場することもあります。

『カンガルー日和』に収録されている短編「とんがり焼の盛衰」という作品は村上さん自身のエピソードが、奇妙なショートストーリーとして描かれています。

ある日、男は、新聞に載っていた「名菓とんがり焼・新製品募集・大説明会」という広告を見て、ホテルに足を運びます。すると、男に奇妙な出来ごとが次々とふりかかります。「とんがり鴉」が言い争い、互いをつつき合うのです。これは村上さんが小説家としてデビューしたときに、文壇に対して抱いた印象をそのまま寓話化したものだ、と語っています。

『神の子どもたちはみな踊る』に収録されている「蜂蜜パイ」も半自伝的です。

神戸から早稲田大学文学部に進学して、売れない小説家になった三十六歳の淳平が主人公。大学時代に親しい三人組として過ごした小夜子と高槻が結婚、のちに離婚しますが三人の友人関係は続いています。

二人の娘で四歳になる沙羅に、淳平は蜂蜜とりの名人「熊のまさきち」とその友だちの「とんきち」の即興の童話をつくって聞かせてあげる、というお話。村上さん自身が早稲田大学を出て、もし売れない小説家になっていたら……という妄想なのでしょうか。

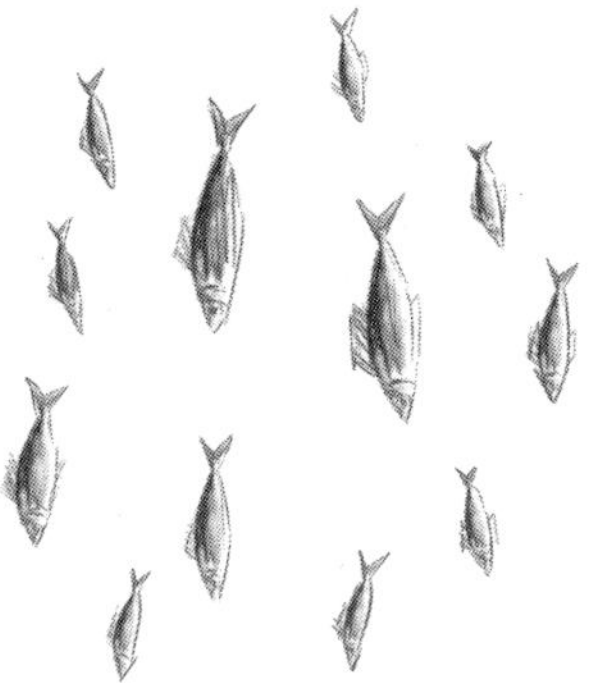

また『東京奇譚集』に収録されている「日々移動する腎臓のかたちをした石」の主人公の淳平は三十一歳になる短編を得意とする小説家。芥川賞の候補には四回選ばれたことがあります。実際に村上さんも何度も候補になりながら選ばれませんでした。

あるパーティーでキリエという名の女性と出会

い、「男が一生に出会う中で、本当に意味を持つ女は三人しかいない」という父親の言葉を思い出します。その後、彼女に話した腎臓石についての小説が文芸誌に掲載されますが、彼女とは連絡がつかなくなってしまいます。

この淳平は、『蜂蜜パイ』の主人公と同一人物で、まるで村上さんの分身のような存在です。

「中断されたスチーム・アイロンの把手」という作品もあります。

安西水丸さんの著書『POST CARD』に収録された連作短編のひとつですが。全集にも未収録のままの幻の作品となっています。

水丸さんの本名である「渡辺昇」が、「壁面芸術家」として登場する冗談のようなお話。当時、『ノルウェイの森』が大ヒットしていた村上さん自身をパロディ的に描いた作品です。

『ダンス・ダンス・ダンス』で登場した名台詞「文化的雪かき」も村上さん自身を皮肉った言葉です。

世の中には必要だけれど誰にも見向きもされないような文章を、「雪かき」に喩えた表現です。フリーライターの「僕」とユキの父親である小説家、牧村拓との会話が有名です。

「穴を埋める為の文章を提供してるだけのことです。何でもいいんです。字が書いてあればいいんです。でも誰かが書かなくてはならない。で、僕が書いてるんです。雪かきと同じです。文化的雪かき」

「俺がどこかで使っていいかな？　その『雪かき』っていうやつ。面白い表現だ。文化的雪かき」。

村上さんは、自分を描くことは、「自己治癒」の側面が強かったと語っています。

小説の登場人物は、作家にとって、時には無意識の分身のような存在なのです。

コラム　村上春樹の比喩入門——美術編

絵画の比喩は、少々上級者向けです。「バルビゾン派のような光」「レンブラントの絵画のような」「まるでベラスケスが描いた男性のように」などと書いても、わかりにくくなってしまう危険性があるからです。しかし、ぴたっと表現がハマると、きっと輝くような美しい文章となるでしょう。

彼女は**まるでレンブラントが衣服のひだを描くときのように**、注意深く時間をかけてトーストにジャムを塗った。

——『1Q84』2　第16章

高い窓から**ルーベンスの絵のようにさしこんだ日の光**が、テーブルのまん中にくっきりと明と暗の境界線を引いている。

——『1973年のピンボール』

十一月の冷ややかな雨が大地を暗く染め、雨合羽を着た整備工たちや、のっぺりとした空港ビルの上に立った旗や、BMWの広告板やそんな何もかもを**フランドル派の陰うつな絵の背景のように**見せていた。

——『ノルウェイの森』第1章

私とエレベーターは**『男とエレベーター』という題の静物画みたいに**そこに静かにとどまっていた。

——『世界の終りとハードボイルド・ワンダーランド』第1章

あるいは我々は**エッシャーのだまし絵のような**ところをただ往ったり来たりしていたのかもしれない。

——『世界の終りとハードボイルド・ワンダーランド』第1章

まるでキリコの絵の中の情景のように、女の影だけが路上を横切って僕の方に長くのびていた。

——『ねじまき鳥クロニクル』第1部第1章

それはムンクがカフカの小説のために挿絵を描いたらきっとこんな風になるんじゃないかと思われるような場所だった。

——『ねじまき鳥クロニクル』第2部第6章

「僕と君とは意識の中で交わった」と僕は言った。実際に口に出してしまうと、なんとなく真っ白な壁の上に大胆な超現実主義絵画をひとつかけたような気分になった。

——『ねじまき鳥クロニクル』第2部第14章

「孤独」という題でエドワード・ホッパーが絵に描きそうな光景だ。

——『アフターダーク』第7章

第2章　村上春樹の文体力

あるいは砂糖の弾丸で読者の心を打ち抜く14の方法について

34 『風の歌を聴け』から学ぶ「リミックス力」

完璧な文章などといったものは存在しない。
完璧な絶望が存在しないようにね。

一九七九年に発表された記念すべき村上春樹のデビュー作『風の歌を聴け』の冒頭の一文です。『風の歌を聴け』は、一九七〇年の夏、故郷の海辺の街に戻った〈僕〉が友人の「鼠」とジェイズ・バーで語り明かし、四本指の女の子と親しくなる十八日の間の物語。断片的な文章の集まりと独特の台詞回しで構成された、ポップアートのような文学なのです。けれども、このはじまりには中国の文豪、魯迅の雑文集『野草』の中の一文「絶望は虚妄だ、希望がそうであるように」の影響が感じられます。

実は、村上文学の魅力は、この新旧の名文を混ぜたリミックス力なのです。まるで、人気のDJがクラブでマニアックなレコードをかけて観客を踊らせるように、村上さんも外国文学や古典・名作の中から美しい言葉を掘り起こし、切り刻み、混ぜ合わせて読者を踊らせてくれるのです。

この作品は、二十代の頃、ジャズ喫茶を経営していた村上さんが、店を閉めてから、台所のテーブルで、缶ビール飲みながら一時間ぐらいずつ書いたので、チャプターがやたらと短いのが特徴です。

群像新人文学賞を受賞したときは「こんなちゃらちゃらした小説は文学じゃない」と言われ、芥川賞にノミネートされたときも「外国の翻訳小説の読み過ぎで書いたような、ハイカラなバタくさい作品」と評され受賞しませんでした。しかし、この独特な翻訳文体で、洋楽ポップスのように脳を刺激してくれる「リミックス力」こそが、村上春樹の魔術なのです。

35 『1973年のピンボール』から学ぶ「妄想力」

よく晴れた日曜日の朝、目が覚めると〈僕〉の両脇に、いきなり双子の女の子が眠っている……。『1973年のピンボール』は、究極の妄想文学です。

「208」「209」という番号が書かれたトレーナーを着た双子は、名前もなく謎だらけ。彼女たちは名前も名乗らず、どこからやってきたのかも告げずに〈僕〉と共同生活をはじめます。直接的には描かれていませんが、双子はどうやら〈僕〉と肉体関係を持ってい

るようです。美しい双子の女の子を両側に従えてベッドで眠るなんて、男性にとっては究極の妄想です。

『1973年のピンボール』の中で主人公の「僕」は、友達と翻訳の事務所を経営しています。そして、かつて夢中になった3フリッパーの「スペースシップ」というピンボールのマシーンを探すというノスタルジックな物語です。回想に似た出来ごとが断片的に挿入され、すべての言葉が暗示に満ちあふれています。

ある日、彼らは貯水池で「人と人を繋ぐ仕組み」である配電盤のお葬式をします。このような不可解で支離滅裂な「僕」の日常が、解けないパズルのように描かれています。

「妄想力」は、時には心の傷を癒すことができる薬にもなります。

読者は、ありえないくらいの妄想をどこまでも叶えてくれる物語こそ、やみつきになるほど「魅力的」だと感じるのだと思います。

36 『羊をめぐる冒険』から学ぶ「国際力」

村上さんが専業作家となって最初に書いた小説が『羊をめぐる冒険』です。ジャズ喫茶「ピーター・キャット」を友人に譲り、北海道を取材して書き上げました。海外では、この作品が最初に翻訳されたため「村上春樹の処女作」とも考えられています。実は、英語に翻訳しても、文章の魅力が消えない「国際力」が村上春樹の成功の秘密なのです。

妻と別れた二十九歳の「僕」は、特殊な耳を持つガールフレンドと「羊」を探しに北海道へ行きます。右翼の大物秘書から「僕」が友人と共同経営している広告代理店の広告に使った羊の群れの写真が問題とされ、なぜか圧力がかかったのです。その羊の写真とは友人「鼠」が「僕」に送ってきたものだった……。

何かを探し求めるロードムービーのような作風は、まずはアジアで翻訳され爆発的に人気が出ました。さらにロシアでもすぐにブレイクします。

『羊をめぐる冒険』をロシア語に翻訳したのは日本で通訳をしていたドミトリー・コヴァレーニンさん。無断でロシア語訳をインターネットに公開し、大反響となったためロシアでの正式な出版が決まったのです。新潟で通訳として働いていた彼は、はじめて『羊をめぐる冒険』を読んだとき、これは僕の物語だ、主人公の僕がまるで自分のようだと感じたそうです。そして、ロシアでも受ける、と直感したそうです。

ここが重要です。世界中の誰もが村上作品を「自分の物語」だと感じると言います。中国語やロシア語に翻訳しても伝わる、英語的な発想の文章が、独自の国際力を生んだのでしょう。

37『世界の終りとハードボイルド・ワンダーランド』から学ぶ「オマージュ力」

ファンタジーとSFが交互に登場し、ひとつの物語を織りなす長編大作で、村上作品の中でも最高傑作と呼ばれています。

この作品は、ルイス・キャロルの『不思議の国のアリス』（アリス・イン・ワンダーランド）を意識したオマージュ的作品です。皮肉、ナンセンス、夢、幻覚、パロディ、ゲーム、なぞなぞなどの要素がぎっしり詰まった物語は、まさに東京版アリスです。もちろん作品の本文にも、ちらりと登場しています。

作者のルイス・キャロルが、偏頭痛持ちで、モノが小さく見えたり大きく見えたりする体験をしたので、この作品を書いたとも言われています。この作品に大きな影響を受けた村上さんは、ご自身のジャズ喫茶「ピーター・キャット」のマッチに『不思議の国のアリス』に登場するチェシャ猫を載せていたほどの大ファンなのです。

アリスの原題が『地下の国のアリス』（アリス・イン・アンダーグラウンド）であるように、『ハードボイルド・ワンダーランド』も、かなりの部分が東京の地下での冒険が描かれます。

そこへ下ってゆくのが、冒頭に出てくるエレベーターです。主人公は、不安なエレベーターに乗って、地下へ向かいます。つまり意識の深層へと下りていきます。エレベーターの着いたところは、まだ普通の部屋。そこからクローゼットの中を通って、闇の世界へ入ります。

このクローゼットを通って別世界に入るというシーンは、『ナルニア国物語』にも似ています。名作ファンタジーに対するオマージュをちりばめているのでしょう。

38 『ノルウェイの森』から学ぶ「引用力」

名言がちりばめられた『ノルウェイの森』は、引用する手法がすごい。

物語は、三十七歳の〈僕〉が飛行機に乗ってドイツの空港に着陸するシーンからはじまります。飛行機のスピーカーからビートルズの「ノルウェーの森」のBGMが小さく流れてきて、〈僕〉はどういうわけか混乱してしまう。この音楽が、作品のタイトルにそのまま使われているのです。

ちなみにこの作品は、発表の直前まで「雨の中の庭」というまったく違うタイトルで書かれた小説でした。このタイトルも作曲家ドビュッシーのピアノ曲「雨の庭」にインスパイアされたもの。さらに、オリジナルは「嫌な天気だから〈もう森へは行かない〉の諸相」という曲でフランスの童謡がルーツとなっています。タイトルにもいろいろな仕掛けが隠されているのです。

さらに、「死は生の対極としてではなく、その一部として存在している」という名台詞。直子が入院する阿美寮を連想させるサナトリウムを舞台にしたトーマス・マンの長編小説『魔の山』からの引用だとも考えられます。

『魔の山』にこんな台詞があります。

「死の冒険は生の中に含まれ、その冒険がなければ生は生ではなく、その真中に神の子たる人間の位置があるのだ」

村上さんは、名作を引用して、さらなる名作を書き上げる天才なのです。

39 『ダンス・ダンス・ダンス』から学ぶ「あきらめ力」

「オドルンダヨ。オンガクノツヅクカギリ」。

羊男が、「踊るんだ。踊り続けるんだ」と言う『ダンス・ダンス・ダンス』の名場面です。この短いメッセージは、何を伝えているのでしょうか。「あきらめ」を認めなさい、という風にも捉えられます。あきらめたとき、新しい人生が開ける。この時代を生きている人間は、あきらめる勇気が必要なのだと言っているようにも聞こえます。

主人公の「僕」は、フリーライターとして「文

化的雪かき」をしています。そして、耳専門のモデルをしている高級コールガールの彼女キキを探して北海道へ向かい物語がはじまります。

かつて古びたホテルだった「いるかホテル」は二十六階建ての巨大ホテル「ドルフィン・ホテル」へと変わっていました。ホテルの一室で羊男と再会し、映画を観ます。すると同級生の五反田君が生物の先生を演じていて、ベッドシーンで映ったのは偶然にも捜していたキキだった、という展開です。

「……何故踊るかなんて考えちゃいけない。意味なんてことは考えちゃいけない。意味なんてもともとないんだ」と羊男は言います。踊るというのは、「生きる」ということなのでしょう。社会に期待するのをあきらめろ、人は思いどおりにならないとあきらめろ、結果をコントロールするのをあきらめろ、神さまはあきらめた人を責めたりしない、幸せはあきらめから生まれる。そんなことを繰り返し、ささやかれているような気持ちになります。

村上さんの作品には、いつもこのような無力感が描かれています。少し離れて世の中を斜めから見つめる「あきらめ力」こそ、村上作品の重要な魅力のひとつなのです。

40 『国境の南、太陽の西』から学ぶ「仕掛け力」

『国境の南、太陽の西』は、半自伝的に村上さん自身を描いたような喪失の物語です。奥さんと二人のかわいい娘に恵まれた幸せな家庭があり、義父の力を借り、ジャズバーなどの飲食店を経営しています。

ある日、満ち足りた幸せな生活を送る三十七歳の「僕」は、幼なじみの島本さんという女性のことが好きになってしまいます。小学校の五年生のときに転校してきた島本さんは、小児まひの後遺症で少し足が悪い女の子でした。

仕事も充実しているのに、謎に満ちた島本さんに惹

かれる「僕」。島本さんは、結婚しているのかいないのか、どこで何をしているのか、なぜ突然現われ、いなくなるのか、何を考えているのかまったくわからないまま物語は終わります。

この小説には、少し「喪失」にまつわる仕掛けがあります。物語の中で「国境の南」というナット・キング・コールのレコードが出てきます。しかし、これ本当は、存在しない幻の曲です。ナット・キング・コールが歌った「国境の南」の音源は存在しないのです。

実際にレコードがないだけではなく、物語の中でもレコードは消えてしまいます。島本さんは、もしかしたらもともと存在しない幻で、自分自身の中に住んでいる恋人なのかもしれない。そんなことがレコードを通じて表現されているのだと思います。

村上さんは、一部の読者だけが発見できる宝箱の鍵を物語の中に、こっそりとしのばせて楽しんでいるのです。

41 『ねじまき鳥クロニクル』から学ぶ「多層力」

村上春樹の最高傑作だと言われることが多い『ねじまき鳥クロニクル』。

複雑で重層的な物語の構造が、高く評価されています。テーマはいくつかありますが、大きく伝わってくるのは「暴力や根源的な悪との対決」です。クロニクルというだけあって全部で三部もある超長編です。謎に満ちていて、奇妙な登場人物ばかり。読んでいても何を意味しているのか、何を書こうとしているのか、かなり理解が難しく、読者が想像をふくらませながら読まないとついていけません。しかし、この世界の複雑な「多層性」が描かれていることが『ねじまき鳥クロニクル』における最大の魅力なのです。

物語のはじまりは、オペラと料理。台所でスパゲティーをゆでているときに、電話がかかってきます。「僕」はＦＭ放送にあわせてロッシーニの『泥棒かささぎ』の序曲を口笛で吹いています。これらもすべて何かを暗示するかのように、言葉が紡がれています。

近所の木立からまるでねじでも巻くようなギイイイッという規則的な鳥の声が聞こえます。そして、「僕」と「妻」はその鳥を「ねじまき鳥」と呼んでいます。静かな世界のねじを巻き続けているのです。

まるでシュルレアリスム絵画のように、いろんなものが絡み合って謎に満ちています。それなのに読者はスラスラと何かがわかったような気になりながら面白く読み進めることができます。これは絵画の「デペイズマン」と呼ばれる手法にも似ています。ダリやキリコのようなシュルレアリスム画家たちがよく使う手法です。あるモチーフを

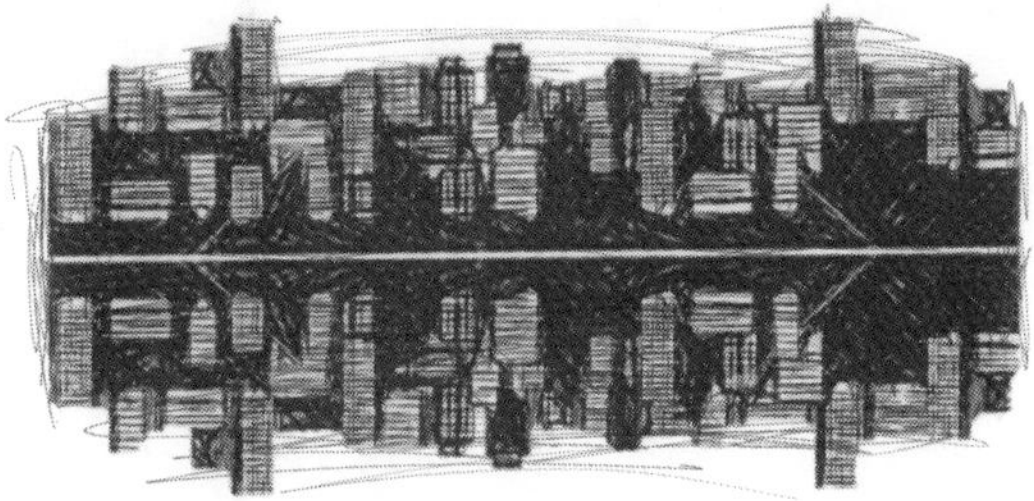

文脈から切り離して別の場所へ移し置くことで、画面に違和感を生じさせる表現手法です。

村上さんもバラバラのように見えるキーワードを「集合的無意識」の象徴である「井戸」に放り投げて、多層的な世界観を楽しんでいるのです。

42 『スプートニクの恋人』から学ぶ「会話力」

「元気?」「元気だよ。春先のモルダウ河みたいに」

「モルダウ河」は、チェコの川。高山を源流とするため、暖かくなると雪解け水がどっと押し寄せて氾濫する。愛情がそんな風にあふれ出るイメージなのでしょうか。とにかく『スプートニクの恋人』は、会話が魅力的でキラキラしています。

物語では、文学青年である主人公「ぼく」と、文学少女であるすみれ、そして年上の女性ミュウという三角関係が描かれます。

それぞれ両思いにはなれずに、まるでスプートニクの人工衛星のように恋愛感情がすれ違う様子が丁寧に描かれています。

「あなたはいつも、夏の午後の冷蔵庫の中のキュウリのことを想像しながら女の人とセックスしているの？」「いつもじゃない」「でもたまにはする」「たまには」とぼくは認めた。

「もしそれが性欲じゃないと言うのなら、わたしの血管を流れているのはトマト・ジュースよ」「うむ」とぼくは言った。

こんなドキッとする会話、聞いたことがありません。

「あなたってときどきものすごくやさしくなれるのね。クリスマスと夏休みと生まれたての仔犬がいっしょになったみたいに」

「君のいないぼくの生活は、『マック・ザ・ナイフ』の入っていない『ベスト・オブ・ボビー・ダーリン』みたいなものだ」。

『スプートニクの恋人』はある意味、ピュアな文学青年と文学少女の美しい夢の物語でもあります。村上さんの「会話力」を最大限に楽しみながら読み進めるのが正解なのでしょう。

43 『海辺のカフカ』から学ぶ「キャラ力」

村上さんにとって十作目の長編小説で、全世界が愛した記念すべき長編ファンタジー『海辺のカフカ』。舞台化もされました。

とにかくこの作品は、キャラクターに力があります。

主人公は、十五歳の田村カフカ。幼い頃に両親が離婚し、母親が姉だけを連れて出て行ったトラウマで傷ついた彼は、ある日家出をします。まるで巡礼の旅に出るように夜行バスで、高松に向かうのです。

「カラスと呼ばれる少年」も登場しますが、彼はカフカの頭の中にいる想像上の友達。孤独で友達がいないため、自分の頭の中に想像上の友達をつくって会話しています。家から持ち出した折り畳み式のナイフを擬人化して「カラス」と呼んでいるのです。

さらに中野区野方に住むナカタさんも登場します。字が読めない謎の老人ですが、ネコと話せる不思議な力を持っています。

これだけでもかなり濃いキャラクター設定ですが、ほかにも続々と不思議な人物が登場します。カフカの父親は、芸術的な才能を得ることと引き換えに、自分の魂を「悪」に売り渡したジョニー・ウォーカー。近辺の猫をさらって殺しています。中日ドラゴンズファンである「ホシノちゃん」、ケンタッキーフライドチキンの創業者に扮装した謎の人物、カーネル・サンダーズも登場します。

まるで映画やアニメのような派手なキャラクターたちですが、これは読者の心をつかむために不可欠な演出でもあります。村上さんは、魅力的なキャラクターを丁寧に練りあげてから、物語を紡いでいるのです。

44 『アフターダーク』から学ぶ「実験力」

渋谷（と思われる）のある夜のできごとを淡々と描いた「実験的な」作品です。日が暮れてから明けるまでの非日常の一夜の物語なので、午後一一時五六分から午前六時五二分までの限られた時間の中で、複数の人々が交錯する様子を偽ドキュメンタリーのように綴っています。

マリという不思議な少女と高橋という青年の出会いからはじまりますが、「僕」が一人称として語るのではなく、何の感情も考えも持たない神の視点として「架空の監視カメラ」から見たような描写が続くのです。

相変わらず理解不能の村上ワールドが炸裂している印象もありますが、この実験的な手法により、レストラン「デニーズ」やラブホテル「アルファヴィル」のシーンが、よりリアルに生々しく感じられます。

村上さんは『アフターダーク』という作品を使って、管理された社会の中で暮らす、人間の無意識の世界を「実験的」に描いたのです。

「僕らの人生は、明るいか暗いかだけで単純に分けられているわけじゃないんだ。そのあいだには陰影という中間地帯がある。その陰影の段階を認識し、理解するのが、健全な知性だ」という台詞もあります。

「夜明け前が一番暗い」ということを社会の闇を通じて描こうとしていたのかもしれません。

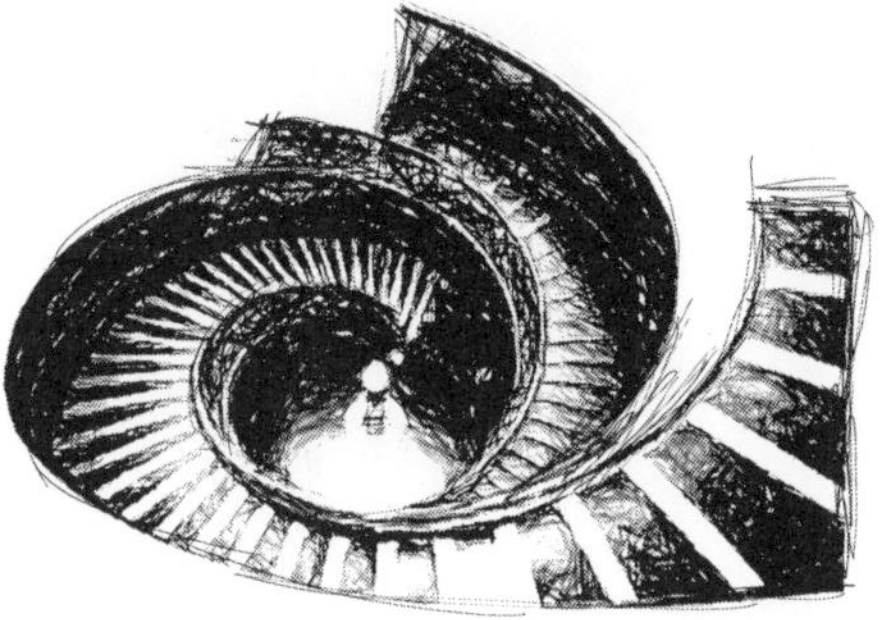

45 『1Q84』から学ぶ「エンタメ力」

発売して約二週間で一〇〇万部近く売れた話題作『1Q84』は、ジョージ・オーウェルの近未来小説『一九八四年』をベースにして、「近過去小説」として描かれています。内容は、惹かれ合う青豆と天吾による、ボーイ・ミーツ・ガール的なストーリー。小学生時代にたった一度だけ、手を握り合った青豆と天吾が、大人になってからも互いを忘れることなく求め合い、二十年後に再会を果たすのです。この時点で、かなりのエンタメ感があふれています。

高速道路脇の非常用階段を入口にして、ヤナーチェクの音楽とともに、もうひとつの一九八四年「1Q84年」に主人公のふたりが入りこんでしまいます。広尾の高級スポーツクラブに勤務するスポーツインストラクターの青豆は、女性をDVで苦しめる男たちを暗殺する仕事を引き受けています。

抜群のプロポーションに、卵型の顔立ち、濃い緑色のサングラスをかけています。この美しき暗殺者の女性という登場人物は、リュック・ベッソン監督の映画『ニキータ』を思わせます。

作中に登場する小説『空気さなぎ』の作者で十七歳の少女は、深田絵里子。両親とともに山梨にある宗教コミュニティ「さきがけ」で育ちます。とても美しい顔立ちで、ディスレクシア（読字障害）という設定。長い物語や外国語の歌を丸ごと暗記できる力を持っています。村上さんは、映画が大好きでエンタメの力が人を動かすことをよく知っています。とにかく人を楽しませようと書かれた『１Ｑ８４』は、これまでにない挑戦でもあるのでしょう。内容が深く

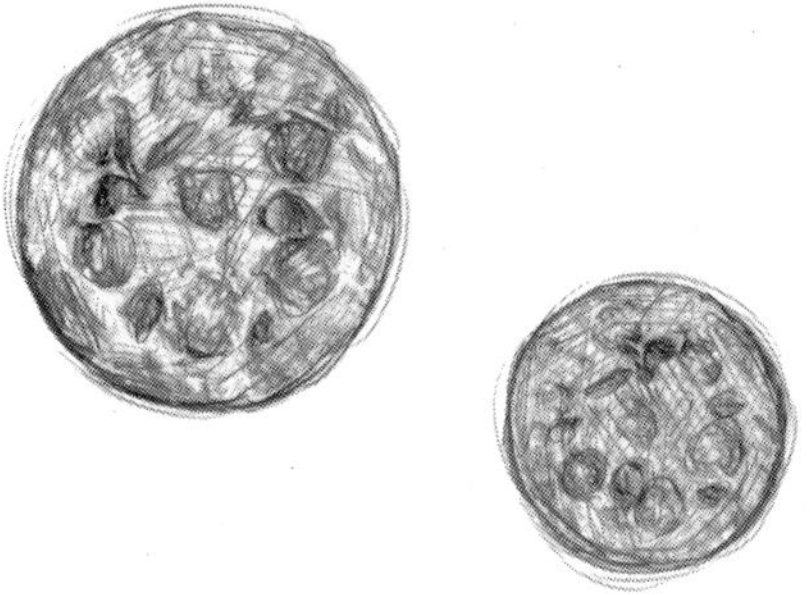

複雑なものを、出来るだけ多くの人にシンプルに伝える方法として「エンタメ力」を使っているのです。

46『色彩を持たない多崎つくると、彼の巡礼の年』から学ぶ「スタイリング力」

まるで仏教の五色を物語に取り入れたような「巡礼」の物語です。村上さんの父は、国語の教員を退職後、僧侶もかねていたことから仏教になじみ深かったのでしょう。『色彩を持たない多崎つくると、彼の巡礼の年』の中では、登場人物の名前の色をファッションのようにスタイリングし「演出効果」として使っています。

アカ、アオ、クロ、シロ、灰田、緑川という「色彩」にまつわる名前を持った友人たちから切り離されてしまった主人公、多崎つくるは「色彩を持たない人間」として描かれています。男性は、アカ、アオ。女性はクロ、シロ。まるでカラフルな色とモノクロームの世界を対比するように描かれています。さらに、つくるの恋人の名前は「沙羅」。「沙羅双樹」の花の色、というイメージを暗示しています。

これは、「秘密戦隊ゴレンジャー」など戦隊物でヒーローたちが自分のキャラクタ

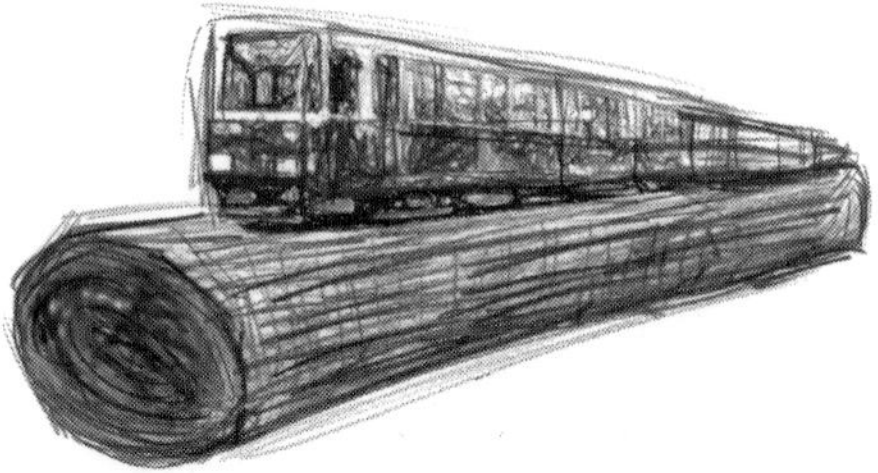

ーを象徴する「色」を持っているのと同じ構造です。黒澤明の映画『乱』でも赤と黒を効果的に使い、闘いのシーンを強調しています。あの色彩を対比させる技法とも似ています。

アニメや映画などでは、悪役には「黒」「紫」、純真無垢な人物は「白」、人気者には「赤」「黄」「青」というような暗黙のルールもあります。アラジン、ピノキオ、アリエル、ニモなど、ディズニーのキャラクターにもすべて色による明確な設定があるのです。

まるで「読む心理テスト」のような物語です。読者は、色の意味をまるでゲームのように解読しながら、読み進めることになるのです。

47 『騎士団長殺し』から学ぶ「アレンジ力」

村上春樹のベストアルバム的作品です。「これぞ村上春樹」というような言葉、展開がギッシリと詰めこまれています。

主人公は三十六歳。肖像画を描く画家です。ある日、突然妻のユズから離婚を迫られます。ユズは少し前から他の男性と浮気をしていたのです。

傷ついた「私」は、プジョー２０５に乗って東北を放浪する旅に出ました。北は北海道まで渡り、何カ月も旅します。

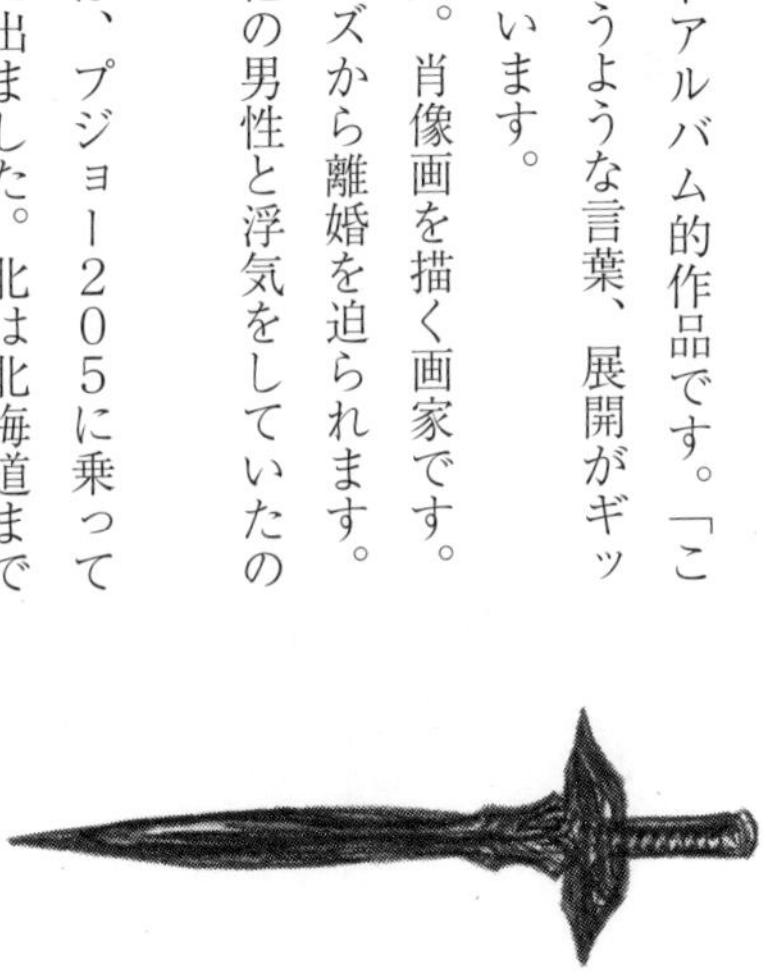

旅から帰ってくると、行く当てのない「私」に、大学からの友人で有名な日本画家を父に持つ金持ちの雨田政彦が別荘を貸してくれます。

そんなある日、「私」に「自分の肖像画を描いてほしい」と多額の報酬とともに依頼する人が現われるのです。免色渉という、さらに金持ちの男性でした。そして、屋根裏でドン・ジョバンニのオペラの一場面を描いた「騎士団長殺し」の絵を発見する。

ここまで読んでわかる通り、これまでの村上作品の要素がすべて再利用されています。まるで歌手が昔ヒットした代表作をセルフカバーしたアルバムのようです。作者自身の作品を題材にしたセルフパロディのようにも感じます。

しかし、これはきっと村上さんの巧みな作戦です。作品を描き続けていると、自らを否定し、さらに再生することが不可欠となります。

自分が自分を超え、新しい自分をつくるための儀式として『騎士団長殺し』は書かれたのかもしれません。

村上春樹全作品リスト

＊出版社名は単行本を刊行した版元名、出版年は作品の単行本刊行年を示します

◆長編小説

『風の歌を聴け』一九七九年、講談社
『1973年のピンボール』一九八〇年、講談社
『羊をめぐる冒険』一九八二年、講談社
『世界の終りとハードボイルド・ワンダーランド』一九八五年、新潮社
『ノルウェイの森』上下、一九八七年、講談社
『ダンス・ダンス・ダンス』上下、一九八八年、講談社
『国境の南、太陽の西』一九九二年、講談社
『ねじまき鳥クロニクル』第1部・第2部、一九九四年／第3部、一九九五年、新潮社
『スプートニクの恋人』一九九九年、講談社
『海辺のカフカ』上下、二〇〇二年、新潮社
『アフターダーク』二〇〇四年、講談社
『1Q84』BOOK1・2、二〇〇九年／BOOK3、二〇一〇年、新潮社
『色彩を持たない多崎つくると、彼の巡礼の年』二〇一三年、文藝春秋

『騎士団長殺し』第1部・第2部、二〇一七年、新潮社

◆短編集

『夢で会いましょう』（糸井重里と共著）一九八一年、冬樹社
『中国行きのスロウ・ボート』一九八三年、中央公論社
『カンガルー日和』一九八三年、平凡社
『象工場のハッピーエンド』一九八三年、CBS・ソニー出版（画／安西水丸）
『螢・納屋を焼く・その他の短編』一九八四年、新潮社
『回転木馬のデッド・ヒート』一九八五年、講談社
『パン屋再襲撃』一九八六年、文藝春秋
『TVピープル』一九九〇年、文藝春秋
『夜のくもざる』一九九五年、平凡社（絵／安西水丸）
『レキシントンの幽霊』一九九六年、文藝春秋
『神の子どもたちはみな踊る』二〇〇〇年、新潮社
『象の消滅　短篇選集1980－1991』二〇〇五年、新潮社
『東京奇譚集』二〇〇五年、新潮社
『めくらやなぎと眠る女』二〇〇九年、新潮社

『恋しくて Ten Selected Love Stories』二〇一三年、中央公論新社
『女のいない男たち』二〇一四年、文藝春秋

◆エッセイ集

『村上朝日堂』一九八四年、若林出版（絵／安西水丸）
『波の絵、波の話』一九八四年、文藝春秋（写真／稲越功一）
『映画をめぐる冒険』（川本三郎と共著）一九八五年、講談社
『村上朝日堂の逆襲』一九八六年、朝日新聞社（絵／安西水丸）
『ランゲルハンス島の午後』一九八六年、光文社（絵／安西水丸）
『'THE SCRAP' 懐かしの一九八〇年代』一九八七年、文藝春秋
『日出る国の工場』一九八七年、平凡社（絵／安西水丸）
『ザ・スコット・フィッツジェラルド・ブック』一九八八年、ＴＢＳブリタニカ
『村上朝日堂 はいほー！』一九八九年、文化出版局
『やがて哀しき外国語』一九九四年、講談社
『使いみちのない風景』一九九四年、朝日出版社（写真／稲越功一）
『うずまき猫のみつけかた 村上朝日堂ジャーナル』一九九六年、新潮社
『村上朝日堂はいかにして鍛えられたか』一九九七年、朝日新聞社（絵／安西水丸）

『ポートレイト・イン・ジャズ』一九九七年、新潮社（絵／和田誠）
『ポートレイト・イン・ジャズ２』二〇〇一年、新潮社（絵／和田誠）
『村上ラヂオ』二〇〇一年、マガジンハウス（画／大橋歩）
『意味がなければスイングはない』二〇〇五年、文藝春秋
『走ることについて語るときに僕の語ること』二〇〇七年、文藝春秋
『村上ソングズ』二〇〇七年、中央公論新社（絵／和田誠）
『おおきなかぶ、むずかしいアボカド　村上ラヂオ２』二〇一一年、マガジンハウス（画／大橋歩）
『サラダ好きのライオン　村上ラヂオ３』二〇一二年、マガジンハウス（画／大橋歩）
『職業としての小説家』二〇一五年、スイッチ・パブリッシング
『村上春樹　翻訳（ほとんど）全仕事』二〇一七年、中央公論新社

◆CD－ROM付ブック

『村上朝日堂　夢のサーフシティー』一九九八年、朝日新聞社（絵／安西水丸）
『村上朝日堂　スメルジャコフ対織田信長家臣団』二〇〇一年、朝日新聞社（絵／安西水丸）

◆対談集

『ウォーク・ドント・ラン　村上龍VS村上春樹』一九八一年、講談社

『村上春樹、河合隼雄に会いにいく』一九九六年、岩波書店
『翻訳夜話』（柴田元幸と共著）二〇〇〇年、文春新書
『翻訳夜話2 サリンジャー戦記』（柴田元幸と共著）二〇〇三年、文春新書
『夢を見るために毎朝僕は目覚めるのです 村上春樹インタビュー集1997－2009』二〇一〇年、文藝春秋
『小澤征爾さんと、音楽について話をする』二〇一一年、新潮社
『みみずくは黄昏に飛びたつ』（川上未映子と共著）二〇一七年、新潮社
『本当の翻訳の話をしよう』（柴田元幸と共著）二〇一九年、スイッチパブリッシング

◆紀行文

『遠い太鼓』一九九〇年、講談社
『雨天炎天』一九九〇年、新潮社（写真／松村映三）
『辺境・近境』一九九八年、新潮社
『辺境・近境 写真篇』一九九八年、新潮社（写真／松村映三）
『もし僕らのことばがウイスキーであったなら』一九九九年、平凡社
『シドニー！』二〇〇一年、文藝春秋
『東京するめクラブ 地球のはぐれ方』（吉本由美、都築響一と共著）二〇〇四年、文藝春秋

『ラオスにいったい何があるというんですか？　紀行文集』二〇一五年、文藝春秋

◆小説案内

『若い読者のための短編小説案内』一九九七年、文藝春秋

◆回文集・かるた

『またたび浴びたタマ』二〇〇〇年、文藝春秋（画／友沢ミミヨ）
『村上かるた　うさぎおいしーフランス人』二〇〇七年、文藝春秋（絵／安西水丸）

◆絵本

『羊男のクリスマス』一九八五年、講談社（絵／佐々木マキ）
『ふわふわ』一九九八年、講談社（絵／安西水丸）
『ふしぎな図書館』二〇〇五年、講談社（絵／佐々木マキ）
『ねむり』二〇一〇年、新潮社（イラストレーション／カット・メンシック）
『パン屋を襲う』二〇一三年、新潮社（イラストレーション／カット・メンシック）
『図書館奇譚』二〇一四年、新潮社（イラストレーション／カット・メンシック）
『バースデイ・ガール』二〇一七年、新潮社（イラストレーション／カット・メンシック）

◆自選文集

『村上春樹 雑文集』二〇一一年、新潮社

◆ノンフィクション

『アンダーグラウンド』一九九七年、講談社

『約束された場所で underground 2』一九九八年、文藝春秋

◆全集・アンソロジー

『村上春樹全作品 1979〜1989』全八巻、一九九〇〜九一年、講談社

『村上春樹全作品 1990〜2000』全七巻、二〇〇二〜〇三年、講談社

『はじめての文学 村上春樹』二〇〇六年、文藝春秋

あとがき

あるいは、チーズケーキのカタチをした僕の人生

村上春樹さんのおかげで、人生が一八〇度変わってしまいました。

文章が苦手だった僕が、すっかり文学の魅力にとり憑かれてしまったのです。大切なのは、自分でも書けるかも？　と思いこんでしまうことです。

『国境の南、太陽の西』の中で主人公の僕がBMWのハンドルを握ってシューベルトを聞きながら青山通りで信号を待っているときに、ふと「これはなんだか僕の人生じゃないみたいだな」と思うシーンがありますが、まさに同じような気持ちです。人生とは何があるかわからないものです。

文章が嫌いだと思わずに、ぜひ何かを書き始めて欲しいと思います。最初は、春樹風でもかまいません。書き続けていくうちに、少しでも自分らしさを出せたらいいの

だと思います。

遅咲きの作家だって世界には、たくさんいます。

夏目漱石が本格的に職業作家として道を歩み始めたのは四十歳のとき。松本清張は、印刷工から広告図案を経て、四十二歳で作家デビュー。ゲーテが『ファウスト』を書きはじめたのは二十六歳頃ですが、完成させたのは、なんと八十二歳でした。黒田夏子さんは、七十五歳のとき「ａｂさんご」で芥川賞を受賞。カナダの作家アリス・マンローは、大学を中退し、図書館で働き、本屋さんを経営しながら執筆を開始。三十七歳で初の短編小説集を出版。八十二歳でノーベル賞を受賞しました。

この本をきっかけに文章って面白いな、と思って頂ける方が増えたらうれしいです。担当して下さった筑摩書房の大山悦子さんには、本当に感謝しております。ありがとうございました。

ナカムラクニオ

この作品は書き下ろしです。また、本文のイラストもすべて著者の作品です。

ちくま文庫

村上春樹《むらかみはるき》にならう「おいしい文章《ぶんしょう》」のための47のルール

二〇一九年十一月十日　第一刷発行

著　者　ナカムラクニオ

発行者　喜入冬子

発行所　株式会社　筑摩書房
東京都台東区蔵前二―五―三　〒一一一―八七五五
電話番号　〇三―五六八七―二六〇一（代表）

装幀者　安野光雅

印刷所　中央精版印刷株式会社

製本所　中央精版印刷株式会社

ISBN978-4-480-43643-6　C0195
JASRAC 出 1911336-901